건축의 신 2

반자개 장편 소설

초판 1쇄 찍은 날 | 2016년 6월 22일
초판 1쇄 펴낸 날 | 2016년 6월 29일

지은이 | 반자개
펴낸이 | 예경원

기획 | 위시북스
편집책임 | 박우진
편집 | 이즈플러스

펴낸곳 | 예원북스
등록번호 | 제396-2012-000132호
등록일자 | 2012. 7. 25
KFN | 제1-011호

주소 | 경기도 고양시 일산동구 호수로 646-24 위너스21Ⅱ빌딩 206A호 (우)10401
전화 | 031-819-9431 팩스 | 031-817-9432
E-mail | yewonbooks@naver.com

ISBN 979-11-5845-547-7 04810
　　　979-11-5845-549-1 (set)

반자개 장편 소설
WISHBOOKS MODERN FANTASY STORY

건축의 신

2

Wish
Books

CONTENTS

건축의 신

12장
그리스 여행

지금 나는 그리스로 향하는 비행기에 몸을 실고 있다.

"내 부탁 하나 들어줘."

일만 마르크를 내놓으면서 마이어가 한 말이다. 세상에 공짜란 없다.

사실 그 돈만큼의 일을 했다고 생각하지만 마이어의 부탁이니 웬만하면 들어주고 싶었다.

"뭔데요? 말해봐요."

"내 친구가 그리스에 있어. 가서 좀 도와줘."

간단한 부탁이었다.

한 교수도 옆에서 거들었다.

"그래, 그리스에 볼 것도 많아. 좋은 경험이 될 거다."

그걸로 내 생애 첫 여행지는 그리스로 결정이 되었다. 그것도 신화의 중심지인 아테네로.

약간은 기대를 했었다. 아프로디테 같은 여성을 만나기를……

헛된 꿈이었음을 깨닫는 것은 채 1초도 걸리지 않았다. 비행기를 타자마자 '이거 못 뜨는 거 아니야?' 하는 생각이 들 정도로 거구의 아주머니들과 아저씨들이 몸을 싣고 있었으니 말이다.

창가 옆자리에서 거구의 아저씨 틈에 꼽사리 끼어서 아테네로 날아갔다.

엘프는 없었다.

드디어 도착한 따뜻한 남쪽 나라. 그리스!

사방이 문화재로 가득한 도시를 한 바퀴 빙 돌아 간 보듯이 보여주고는 비행기가 내려앉았다.

비행기 위에서 보는데도 웅장함이 느껴지는 파르테논 신전과 언덕 위의 도시 아크로폴리스.

서양 역사를 굳이 공부하지 않아도 예전에 사진으로 알던 곳들이 사방에 널려 있었다.

아테네공항은 인천공항과는 비교도 안 되게 아담했다.

공항을 빠져나와서 들이쉬는 첫 호흡이 얼마나 뜨거운지, 허파가 후욱 달아올랐다.

다행이라면 인구의 절반 이상이 영어를 사용할 수 있다는 것.

더구나 아테네는 전형적인 관광도시라서 영어가 통하지 않을 걱정은 할 필요가 별로 없었다.

"역시. 지중해는 다르구나."

택시를 잡아타고 목적지로 달렸다.

도로 옆으로 줄지어 서 있는 오렌지 나무들.

우리나라의 플라타너스와 은행나무와는 또 다른 운치가 있었다.

그 뒤로는 대리석으로 지어져 올망졸망 줄 서서 손님을 기다리는 상점들이 보인다.

한국과 다르고, 독일과도 다르다. 각각의 기후에 맞게, 그들의 풍습에 맞게 지어진 건물들이었다.

'세상에는 얼마나 다양한 문화와 건물이 있을까? 죽기 전에 다 볼 수 있을까?'

그렇게 잠시 감상에 빠져 있다가, 기억이 리플레이되고 있음을 깨달았다.

지금 나를 태운 택시가 같은 곳을 빙빙 돌고 있었다. 아까 봤던 은행 건물이 또 보였거든.

'이 사람이. 어디서 장난질을⋯⋯.'

택시기사에게 말했다.

"거기까지 10분 내로 가면 요금에 5달러 더 드리죠."

굳이 옥신각신 돈으로 싸우고 싶지 않았다. 지리를 모르는 내가 싸워봐야 이길 수도 없다.

그런데⋯⋯ 10분이 뭐야! 컵라면이 반쯤 익었을까 하는 시간에 택시는 목적지 근처에 도착했다.

구릿빛 얼굴의 운전수는 느끼한 미소를 날리면서 엄지를 들었다.

약이 올라서 한마디 하려다가 조용히 5달러를 주고 내렸다.

다음부턴 버스를 타야겠다는 결심을 했을 뿐이다.

여기서 드잡이질을 하다가는 저 운전기사는 방금 전까지 잘만 알아듣던 영어를 못 알아듣는 기억상실증에 걸릴 것이며, 나는 더 열을 받을 것이고, 시간은 땅바닥에 버려질 것이다. 젠장!

상점을 들러서, 음료 하나를 사면서 주소를 물어보았다.

골목길을 지나치는 활기찬 사람들의 모습에서 지중해의 기운을 느낄 수가 있었다.

길가인데도 비키니 차림으로 돌아다니고, 어떤 사람은 거실인 양 의자를 펴놓고 일광욕을 즐기고 있었다.

이들에게는 하루하루가 축제가 아닐까 싶은 분위기였다.

'흥이 많고, 축제를 즐긴다더니. 이런 따뜻한 분위기이니, 그리스 문화가 꽃을 피우기에 적당했겠지.'

"오! 마이어가 보낸 친구구만. 어서 오게나."

마이어의 친구 역시 독일인이었다. 이름은 코펠이라고 했다. 얇고 흰 반팔 티에 녹색 반바지를 입은 중년인이었다.

그리스에 여행을 왔다가 아예 자리를 잡아버린 낭만적인 건축가였다.

여장을 풀자마자 그는 바로 본론으로 들어갔다.

"이번에 아테네 시청 신축을 하는데 공개 입찰로 진행을 한다네. 이게 설계안이야."

아테네 시청답게 파르테논 신전을 모티브로 해서 웅장하면서도 아테네의 상징성을 잘 나타내었다.

"설계가 깔끔하네요. 정체성이 확실하고 멋있어요."

그가 흐뭇하게 미소를 지었다. 작품에 대한 자부심이 담겨 있었다. 그리스가 좋아서 이곳에 뿌리를 박은 사람이다. 그 문화에 대한 깊은 사랑이 드러나는 도면이었다.

"당연하지. 난 이걸로 낙찰을 받을 수 있을 거라 생각해."

'그럴 거면 내가 왜 필요하냐? 그냥 하면 되지.'

이런 생각을 하는데, 그가 말을 이었다.

"그런데 이번에 상대가 만만치 않아. 아테네에서 가장 큰

건설 회사에서 뛰어들었거든. 뭔가 특출 나게 눈에 띄지 않으면 그쪽 손을 들어줄 거야."

"아하! 그래서 이 건물을 더 돋보이게 할 투시도가 필요하다. 이 말씀이죠?"

"그렇지. 마이어가 이번 박람회 컨셉 영상으로 신문에 대서특필되었더군. 그래서 꼭 좀 도와달라고 했어. 자네 일정에 방해가 되었다면 내 사과하지."

'내가 잠든 사이에 별의별 일이 다 있었구만.'

썩 기분이 좋지는 않았지만 마이어의 얼굴이 생각나서 그렇다고 말할 수는 없었다.

"괜찮아요. 어차피 그리스 여행도 하고 싶었거든요. 일정이 약간 당겨진 것뿐이에요."

"그렇다면 다행이고. 이번 낙찰을 받고 나면 두둑하게 챙겨줌세."

그럼 공으로 부려 먹으려고 했더냐. 안 주면 뜯어서라도 갈 테니, 그건 염려하지 마시고 일 얘기합시다. 얼른 끝내고 나도 여행다운 여행을 해 봐야죠.

하지만 이 독일인은 내가 말할 틈을 주지 않았다.

"참, 그리스는 어디 어디 둘러봤나? 역시 일단은 파르테논을 봐야……."

주저리주저리 이어지는 그의 그리스 사랑을 끊었다.

당신의 사랑이지, 나와는 하등 상관없다.

나는 르 꼬르뷔제의 롱샹을 보고 싶었다.

그 외에도 보고 싶은 곳은 많았다.

"코펠, 그래서 제가 해야 할 일은 뭐죠?"

"뭐 그리 급해. 아직 살날이 창창한 젊은 친구가 말야."

가볍게 투정을 부리며 그는 나에게 브리핑을 시작했다.

파르테논 신전은 서양 건축사를 공부할 때, 가장 먼저 접하게 되는 건축물이다. 단지 사진을 보는 것만으로도 '웅장함이란 이런 걸 말하는 거구나' 하는 생각을 가지게 하는 구조물이다. 아테네의 수호자로 여겨지던 아테네 여신에게 봉헌된 신전이다. 그러나 건립된 후 수많은 침공과 포격으로 상당 부분이 훼손되었다.

코펠이 말했다.

"난 파르테논 신전을 내 방식대로 재건하고 싶었어. 그보다 웅장하고 신비로울 수는 없겠지만⋯⋯."

별로 어려울 것은 없었다.

그가 강조하고 싶은 것은 순백의 대리석과 도리스양식으로 만들어진 기둥일 것이다.

이오니아식이나 코린트식처럼 화려하지는 않지만 심플하면서도 쭉쭉 뻗는 힘찬 느낌을 주는 기둥 말이다.

공부한 지 십수 년이 지난 거지만, 얼마 전 한 교수의 노트를 보면서 다시 한 번 공부했었다.

"알겠어요. 당신의 머릿속에 있는 파르테논 신전을 만들어 보죠."

워낙 인상 깊게 뇌리를 차지하고 있던 건축물이라 서너 시간 만에 뚝딱 모델링을 끝냈다.

기둥 하나를 정교하게 만들고, 실제 모양처럼 엔타시스(배흘림기둥) 효과로 살짝 통통하게 볼륨감을 넣었다.

그다음은 카피, 카피, 카피!

자리에 기둥을 박아 넣고, 그 위로 페디먼트(Pediment:삼각형의 박공)를 만들어 얹었다.

도리스 기둥 사이사이로 벽체를 만들어 넣어주면 코펠이 원하는 건물의 완성이었다.

말이 자신의 뜻대로 재해석한 것이지, 사실 벽 부분을 제거하면 파르테논을 그대로 복원한 거나 별다를 차이가 없어 보였다. 내부 구조는 그의 말마따나 완전한 재해석이지만.

'이걸로 될까? 솔직히 아름답긴 하지만 밋밋하다.'

내가 보는 느낌은 그랬다. 다른 사람들의 관점은 또 다르겠지만 말이다.

하지만 한 사람의 눈에 그렇게 보인다는 것은 또 다른 이의 눈에도 그렇게 보일 가능성이 있다는 말이다.

똑같은, 아니, 복원을 했다고 해도 그 세월의 깊이는 따라갈 수 없다. 누가 보든 어느 것이 더 아름다울 것인가?

많이 상하기는 했지만 수천 년을 옆에 있었던 파르테논이 더 좋을까? 아름답지만 짝퉁이 더 좋을까?

지금 코펠이 설계한 아테네 시청은 순수하고 지고한 아름다움이 있었다. 그러나 그뿐이었다. 새롭지 않았다.

사람들을 놀래키려면 상상도 못 하는 반전을 만들어줘야 한다.

뭔가를 새롭게 꾸민다는 것은, 창조적인 작업을 한다는 것은 즐거운 일이다.

그리고 그것이 손가락 하나만 까딱까딱하면서 되는 일이라면 더더욱 그렇다.

지금 나는 그런 것을 하고 있다.

건물의 기둥과 외벽의 색체와 질감을 바꿔가면서 이런 저런 느낌의 건축물을 만들고 있었다.

대리석으로 규정된 외벽을 메탈로 바꿔봤다. 굉장히 모던한 느낌은 났다.

"이건 좀…… 뭔가 너무 묵직한 느낌이야. 안 그래?"

묻는 형식을 취하면서도 고개를 절레절레 흔든다.

그냥 싫다고 할 것이지!

살짝 열이 받아서 아예 크롬으로 바꾸었다. 거울처럼 빛나는 금속 재질이었다.

"와우! 완전 환상적인 느낌이기는 한데, 너무 앞서갔다. 다른 걸로."

"건물만 보면 어떡해요. 주변 외관과도 비교를 해봐요. 어울리는지. 코펠 당신이 가장 잘 알 거 아니에요?"

이틀 동안 우리는 건물의 느낌을 바꿔 보려고 여러 가지 노력을 다했다.

그리고 입찰 당일이 되었다.

입찰에 참여한 업체는 우리를 포함해 다섯 군데였다.

코펠이 말했다.

"저 사람이 아테네건설 대리인이야. 유일하게 경쟁이 가능한 곳이지. 설립한 지도 제일 오래되었고, 자금력도 가장 풍부하지."

아테네에서 자신이 가장 강하다는 것을 자랑이라도 하는 양 건방지게 브리핑을 하고 있었다.

'우리가 하는 거야. 잘 보고 배우라고. 여기 아테네에서 우리보다 더 나은 곳은 없어. 그냥 니들은 우리를 찍으면 되는 거야!'

말하지 않아도 들려오는 소리가 있다. 분위기가 있다.
자신감과 시건방짐은 딱 한 끗 차이다.

우리의 기쁨은 거기까지였다.
다음 날, 우리는 시청 관계자로부터 전화를 받았다.
"성훈, 낙찰이 취소되었대."
우울해진 얼굴의 코펠이 신음하듯 말을 뱉었다.
단지 취소가 된 것만으로 저런 표정을 짓지는 않을 것이다.
"왜요?"
"……."
"이유가 뭐랍니까?"
"쯥. 입찰 절차에서 누락된 도면이 있다는데?"
이해가 되지 않았다. 몇 번이고 도면을 확인했었다. 코펠의 사활이 걸린 입찰이었으니 당연한 일이었다.
백 번을 양보해서 누락된 도면이 있다면 달라고 요청하면 될 일이 아닌가?
그리스가 그렇게 공명정대하고 청렴결백한 나라였던가? 도면 하나 때문에 낙찰 결과를 번복할 정도로!
"코펠, 앞장서요."
"어디를?"
"어디긴요. 시청이죠. 진짜 이유가 뭔지 물어봐야죠. 전

납득이 안 되네요."

며칠 동안 유럽 여행을 미루고 했던 작업이다. 실력으로 밀렸다면 승복한다. 그러나 실력 외의 것으로 불합리한 일을 당한다는 것은 절대로 승복할 수 없었다.

'이왕 왔으면 풀떼기라도 뜯어 간다. 빈손으로 왔다고, 빈손으로 갈 김성훈으로 생각했다면 큰 오산이야.'

"자기 집 앞마당이라고 실력도 없으면서 큰 소리로 짖는 놈들이 있다면 이빨을 뽑아놔야죠."

그러나 여전히 그는 묵묵부답이었다.

"일단 가봐요. 말은 제가 할게요. 납득할 수 있는 말이라도 들어야 하든지 말든지 하죠."

끌려가듯 마지못해 시동을 걸면서 코펠이 말했다.

"아무래도 아테네건설에서 장난을 친 것 같아. 느낌이 좋지 않아."

"흥. 그거야 당연한 거겠죠. 그렇다고 납득이 되는 건 아니거든요."

돈이 없어서 밀리고, 힘이 없어서 발린다. 전생에 수도 없이 당했던 일이다.

그 일이 지금 또 반복되려고 하고 있었다. 아름다운 도시, 아테네에서…….

담당자에게 물었다.

"이유가 뭐죠?"

"지금 당신, 나한테 따지는 건가? 도면이 누락되었다는 말 못 들었어? 잘못은 당신이 해놓고는 누구한테 시비야?"

아주 고압적인 자세였다.

고개를 삐딱하게 젖히고 비웃으며 고함을 지른다.

도면 누락이라…….

참 좋은 핑계다. 도면을 누락시킨 주체가 누구인지는 말하지 않는다.

그렇다고 따질 수도 없다. 증거가 없잖는가! 증거가.

"그래서 당선 취소만 했잖아. 사흘 후에 또 재공모가 있으니까. 그때 나오라고."

"뭐라고! 그걸 지금 말이라고 하는 거요?"

이번에는 코펠이 화가 났다.

이미 우리 설계안은 들통이 났다. 공모전에서는 상대에게 자신의 안을 들키지 않기 위해서 최선을 다한다.

지피지기 백전불패!

그 반대의 상황이라면 지는 것은 불을 보듯 뻔하다.

아마도 아테네건설에서는 우리 것과 비슷하거나, 혹은 한 단계 더 업그레이드된 안을 들고 나올 것이다.

그리고 담당자는 아테네건설의 손을 들어주겠지.

'이건 아무리 눈 가리고 아웅이라도 심하잖아.'

더럽고 치사하고, 구린 냄새가 풀풀 난다. 아니, 애초에 이걸 노린 것인가?

"흐흐. 아예 참가도 못 하게 해줄까? 그러고 싶어? 원한다면 그렇게 해주지."

담당이라는 놈은 비웃으며 우리를 농락했다.

그러고도 한마디를 더 했다.

"어디서 외국인 따위가 발을 들이밀어."

열 받은 코펠도 말로는 지지 않았다.

"흥! 누가 이기나 두고 봅시다. 이대로 넘어가지 않을 거요."

허! 이런 일은 한국에서 지겹게 당해봤다. 그리고 수없이 밟혀 봤다.

그때는 그래야만 한다고 생각했었다. 감히 강자에게 대꾸도 하지 못했다.

그것 다음에 쓰나미처럼 밀려올 불이익이 두려웠기 때문이다. 도전에도 눈치를 봐야 한다.

몇몇의 강자가 눈짓만 해도 우리처럼 작은 회사는 왕따를 당한다.

결재가 몇 달 밀린다.

"회사 사정이 어려워서 그래. 그 정도도 못 기다리면서 우리하고 거래하겠다는 거야. 지금?"

현금에서 어음으로 바뀐다.

"에이, 우리도 어음으로 받았어. 어쩔 수 없잖아. 사정 좀 봐달라고."

다시 몇 달을 기다리면 그 어음이 종잇조각으로 변한다.

어음을 줬던 회사는 모르쇠로 일관한다.

"우린 이미 결재했어요. 당신네가 받아갔잖아요. 어휴. 가지고 있었으면 큰일 날 뻔했네."

이따위 소리나 지껄이면서 말이다.

그렇게 내가 처음으로 입사했던 가구 회사는 망했다.

사장님은 그 충격으로 중풍에 걸리셨고, 병석에 누워 계시다가 얼마 후에 돌아가셨다.

'말 한번 잘했다. 그래! 나는 외국인이지. 내가 차후에 불이익당할 일 따위는 없다는 거지.'

"돌아가요."

"젠장!"

화도 나고 억울하지만 당장은 할 수 있는 일이 없었다.

코펠은 운전을 하는 내내 분통을 터뜨렸다. 하지만 나는 그를 말릴 수 없었다.

"내 꿈이 담긴 건축물이었다고, 파르테논을 내 손으로 만들어 보고 싶었단 말이야."

얼마나 억울했던지 핸들을 퍽퍽 치면서 울분을 토해냈다. 그 소음 속에서 나는 생각에 잠겼다.

'그래, 한판 해보자 그거지?'

무인은 검으로 말하고, 문인은 글로써 해결하며, 건축가는 설계로 승부한다.

승부의 시작은 상대에 대해 아는 것이다. 우리는 상대가 누군지도 몰랐다.

고맙게도 그 상대를 가르쳐 줄 사람이 그날 밤에 우리를 찾아왔다.

탕!

"아무리 그리스가 부패했다고 하지만 이건 경우가 아니잖아. 어떻게 이런 일이 있을 수가 있지!"

코펠은 아직도 울분이 삭지 않는 듯 애꿎은 책상에 화풀이를 했다.

"그만해요. 화를 낸다고 해결되는 문제가 아니에요."

"하지만 우리의 설계안은 이미 들통이 났다고. 아테네건설에서는 우리 것을 그대로 카피해 올 것이 뻔해. 그다음은 불을 보듯 뻔하지 않나?"

"그럼 더 나은 안을 내놓으면 되죠. 놈들이 아무 말도 못하게끔 말이죠."

지금의 나는 충분히 이성적이었다. 말이 안 되는 상황에 흥분하지 않은 것은 아니다.

"놈들이 원하는 건 우리가 흥분해서 일을 포기해 버리거나, 무리수를 둬서 스스로 무너지는 거예요. 그럼 죽 쒀서 개 주는 꼴이 되는 거라고요."

격앙된 코펠을 달래는 것이 최우선이었다. 선장이 돌아버리면 배는 가라앉는다.

"설령 그들이 당선된다고 해도 제대로 된 시공을 하지 않을 거예요. 그럼 부실공사가 되겠죠."

"당연하지. 뒷돈 빼먹기 바쁜 놈들이 일은 제대로 하겠어?"

"그렇죠. 그럼 당신이 사랑하는 아테네에는 세월에 삭은 파르테논과 부실시공으로 언제 무너질지 모르는 쓰레기 파르테논이 남게 되겠죠."

건축가의 감성에 호소하며 그의 마음을 다잡았다.

"자, 여기 위스키나 한 잔 마시고 마음을 가라앉혀요."

코펠에게 잔을 건네고 나도 한 잔을 마셨다. 쓰디쓴 액체가 목구멍으로 넘어갔다.

그렇게 겨우 그의 흥분을 가라앉혔을 때였다.

똑똑.

정중한 노크 소리가 들렸다.

지금은 밤이었다. 우리 둘이 서로를 바라봤다. 코펠이 나에게 물었다.

"지금 이 시간에 올 사람이 있나?"

허, 나한테 묻는 건가? 지금!

"제가 알 리가 없잖아요."

뭐라고 하기도 전에 이미 문은 열리고 있었다.

허락받지 않은 무례한 방문객들이 안으로 걸어 들어왔다.

검은 양복을 입은 자들이었다.

속에 입은 새하얀 와이셔츠가 양복과 선명하게 대조를 이루었다.

세 명의 건장한 남자였다.

말없이 걸어 들어와서는 뒷짐을 진 자세로 우리를 마주 보고 섰다.

어안이 벙벙해서 그들을 바라보고 있는데, 다시 한 명이 걸어 들어왔다.

바지 주머니에 손을 넣은 채 여유로운 걸음이었다.

170 정도의 다부진 그리스인이었다. 구릿빛의 그을린 피부에 깔끔하지만 강인한 인상이었다.

뒤에 있는 인물들이 키는 더 컸지만 느낌상으로는 이 남자가 훨씬 커보였다.

그는 여유 있는 걸음으로 세 명을 지나쳐 코펠의 앞에 섰다.

"코펠?"

다짜고짜 이름을 물었다.

상황을 눈치챈 코펠이 고개를 끄덕였다.

"우리는 문제를 크게 만들고 싶지 않소."

몇 마디 안 되는 말 속에 많은 의미를 품고 있었다.

거친 말투로 협박하는 것도 아니었다. 나직이 대화하듯 말을 했을 뿐이다.

그럼에도 코펠은 굳어버렸다. 정신없이 고개를 끄덕이며 부들부들 떨고 있었다.

'내가 저들이 얼마나 무서운 사람인지 몰라서 그런지도 모르지.'

그러나 이런 상황이 맘에 들지 않았다. 하지만 일의 주재자는 코펠이다. 그가 결정권을 쥐고 있다.

'이대로 끝나는 것인가?'

지금 상태로 보아서는…… 젠장!

"알아들었으리라 믿겠소."

제 할 말만 하고 그 남자는 돌아섰다. 병풍처럼 뒤에 있던 남자들도 등을 돌리던 찰나!

소파에서 벌떡 일어서며 그의 등에 대고 물었다.

"공모전을 포기하란 말입니까?"

듣고 싶지 않은 말을 들은 듯 남자는 미간을 찌푸리면서 돌아섰다.

"누구?"

"관계자요."

"흠……."

나에 대해서는 몰랐던 것이 분명했다.

그가 말했다.

"그런 말은 한 적 없소."

"그렇다면 확실히 합시다. 공모전에 참가해도 상관없다는 말이지요?"

그가 고개를 살짝 기울이면서 눈썹을 으쓱거렸다.

그보다는 뒤에 있던 세 명의 인상이 험악하게 굳어갔다.

'감히 대장의 말에 토를 달다니.' 이런 느낌!

그러나 아무 말 하지 않는다. 기강이 확실하고, 행동에 절도가 있다.

솔직히 두렵다. 겁주기 위해 문을 박차고 들어오지도 않았고, 쇠파이프를 들지도 않았다.

이 상황에서 예의 바르다는 말은 우습지만, 노크를 하고 들어왔고-허락은 하지 않았지만-조용히 말 몇 마디를 던졌을 뿐이다.

그럼에도 그의 의사는 확실히 전해졌다. 코펠의 행동이 입증한다.

그는 말을 전하러 왔다. 우리 행동이 응징의 대상이었다면 지금과는 상황이 달랐을 것이다.

이들의 허리춤에는 분명히 권총이 있을 테니까. 총에 맞는다면 치명상이 아니라 바로 즉사다.

두려움에도 불구하고 이렇게 나설 수 있는 것은 이들이 경고를 하러 왔다는 것을 알고 있기 때문이다.

경고에서 응징으로 바뀌는 것은 한순간이겠지만 그 선을 넘지만 않으면 된다.

오히려 상대함에 있어서는 양아치보다 편하다. 기분 나쁘다고 총을 꺼내지는 않는 자들로 보였다.

무엇보다도 지금은 내가 이들의 마지노선을 확인할 마지막 기회였다.

그는 고개를 끄덕였다.

꾹 다물어진 입에서 그의 강직함이 느껴진다. 한입으로 두말할 사람은 아니었다.

"당신들이 큰 문제라고 생각할 일만 만들지 않으면 된다는 말이지요?"

옆에서 코펠이 눈만 데굴데굴 굴리면서 상황을 주시하고

있다.

"그렇소."

"알겠어요. 우리는 공모전에 참가할 겁니다."

"이봐, 성훈!"

코펠이 다급히 내 손목을 잡았다. 그가 생각하는 결론은 이것이 아니었을 것이다.

그러나 이미 판은 바뀌었다. 결정권은 나에게로 넘어왔다. 바로 말을 이었다.

"당신들이 불편해하는 행동을 하지 않겠습니다."

그가 나의 눈을 응시했다. 나도 그를 똑바로 바라봤다.

남자는 작게 코웃음을 쳤다.

"흥. 그럼 그렇게 하시오."

그가 눈을 돌리고 돌아섰다.

그리고 그들의 구두 소리가 들리지 않을 때 즈음, 나는 털썩 소파에 주저앉았다.

코펠이 말했다.

"성훈, 이건 안 돼! 포기하자."

"그럴 수 없어요."

"상대가 너무 위험해."

"들었잖아요. 하지 말라는 게 아니에요."

"그래도 괜히 그들의 기분을 거스르는 건 스스로 제 무덤

파는 짓이야."

그는 내가 젊은 오기로 덤벼드는 것으로 오해를 하고 있다. 그 혈기로 나 스스로를 망칠까 봐 걱정하는 것이다.

"기회는 또 있다고. 그러니……."

나도 안다. 기회는 얼마든지 있다.

한국에서도 설계를 할 일이 있을 것이다.

그러나 그곳에서도 이것과 똑같은 상황이 발생할 것이다.

여기나 저기나 돈 모이는 곳에는 벌레가 꼬인다.

편하게 가는 방법도 안다. 돈 좀 갖다 바치면 된다. 발바닥 한 번 핥아주면 된다.

내 자존심 까짓것! 생존보다 중요하지 않다. 내 가족보다 귀하지 않다. 나 하나 희생하면 온 가족이 배부르다.

사람들은 코웃음 칠 것이다.

'딴 놈들이 정당하게 플레이하지 않는데, 넌 무슨 성인군자라고 그러는 거냐? 네가 그렇게 잘났냐?'

나도 그렇게 말하며 살았었다.

나는 내가 죽은 이후를 보지 못했다.

내 장례식장에는 누가 왔을까? 몇몇의 친지가 와서 아쉬워하겠지. 그리고 바쁘니까, 예의상 할 일은 했으니까 얼른 집으로 돌아가겠지.

나를, 나의 흔적을 기억하며, 진정으로 그리워하는 사람은 몇이나 있었을까?

'이렇게 가서는 안 되는 사람이었는데.'

'그처럼 올곧고 성실한 놈은 없었는데.'

'내가 녀석 대신 갈 수만 있다면 좋겠다. 더 큰일을 할 수 있는 사람이었는데.'

'살면서 그런 녀석을 또 만날 수 있을까?'

'우리의 자랑이었는데.'

이런 말을 하는 사람이 있었을까?

아니!

나는 없었다고 확신한다. 나는 그렇게 살지 않았다. 그처럼 살지 못했다. 나는 그럴 배짱도 포부도 없었다.

직업상 수많은 사람의 장례식장을 들렀었지만 그런 말을 듣는 사람은 한 손으로 꼽을 정도였다.

그리고 그분들은 나도 인정할 수밖에 없는 대단한 사람들이었다.

어떻게 같은 사람이면서 자신의 뜻대로 고고하게 살 수 있었을까! 질투가 생기는 사람들이었다.

사회적으로 경제적으로 따지자면 그분들은 대단함과 거리가 멀다.

돈으로 순위로, 숫자화되는 어떤 가치로 따질 수 없는 위대함이다. 사람의 마음에 작용하는 그 무언가가 있다.

나는 그것을 한 단어로 정의하지 못한다.

다시 시작하는 삶에서는…….

"성훈! 포기하자니까. 무슨 생각을 그렇게 하는 거야?"

자포자기 반 걱정 반인 그에게 물었다.

"설마, 당신은 내가 저들을 상대로 총질이라도 한다고 생각하는 거예요?"

"그럼 아니었어?"

"이봐요! 제가 바보예요? 총잡이들과 총으로 싸우게요!"

"뭐로 상대하려고?"

그가 이해할 수 없다는 투로 물었다.

"그들이 깔아놓은 판에서는 아무리 노력해도 이길 수 없어요."

"그럼?"

"판을 바꾸어야죠. 내가 지배하는 판으로. 그게 승부의 향방을 결정할 거예요."

"그러니까 무슨 수로!"

"그건 제게 생각이 있어요."

정정당당!

이에는 이, 총에는 총!

세상에 유행하는 말이다. 인정한다.

다만 내가 가진 총은 그들이 가진 총과 다르다.

건축의 '건' 자도 모르는 인간들과 겨룰 때는 정통으로 부딪쳐야 한다.

건축은 때리고 부수는 것이 아니다.

세울 건(建), 쌓을 축(築)!

집을 세우고 성을 쌓는, 무언가를 만드는 것이 바로 건축이다.

돈질한다고 한발 양보하고, 총질한다고 또 한발 양보하고, 계속 양보하다 보면 영원히 내가 원하는 건축은 할 수 없다.

그렇게 인심 좋게 양보하면서 뒤로뒤로 밀려나다간 결국 패배자가 된다.

"시장은 왜 갑자기 시청을 신축하려고 하는 거죠?"

"왜긴. 일자리를 늘리려고 하는 거겠지."

내가 본 시청은 그렇게 낡은 건물이 아니었다.

굳이 왜 지금 이 시점에서 지으려고 하는가? 하는 의문이 있었다.

나중에 그리스는 'IMF'라는 폭탄을 맞기는 하지만 지금은 살기 좋은 나라였다. 복지도 잘되어 있는 나라였고.

나라의 윗사람들이 뭔가를 할 때는 그 목적이 있다.

예를 들자면 선거 같은 거!

"시장 선거가 언제죠?"

"아마도 내년 초인가 그럴 건데. 그건 왜?"

"흠…… 지금 시장이 지지율이 낮겠죠?"

"그래, 형편없지. 지난 4년 동안 해놓은 게 아무것도 없거든."

나는 그리스의 국내 사정을 잘 모른다. 그러나 나중에 어떻게 되는지는 알고 있다. IMF를 슬기롭게 극복을 했는지 어땠는지는 모른다. 물론 언젠가는 극복할 것이다. 그 기간 동안 국민들이 얼마나 고통을 받는지가 문제일 뿐.

현재의 그리스는 살기 좋다. 따뜻한 지중해의 기후, 풍부한 관광 자원, 그것에서 나오는 국가 예산을 국민들의 복지로 돌리는 인심 좋은 정치인들. 진정으로 내일 일을 모레로 미루는 정치인들이 아닐 수 없다.

그러나 내가 걱정할 일은 아니다. 지금은 내 앞에 당면한 장애물이 눈에 거치적거릴 뿐이다.

"그럼 지금 시장의 눈에는 지지율밖에 보이지 않겠네요."

"네 말을 들어보니 그럴 수도 있겠다. 그럼 이것도 지지율을 올리기 위해서 하는 전시행정이라는 말이로군."

그는 내 말을 이해했다. 하지만 여전히 상황은 암울했다. 그는 나를 말리는 것도 포기했다.

"성훈, 나는 포기할래. 여기서 그만둘 거야."

"정말이에요? 기껏 여기까지 끌어와 놓고는 아깝지 않아요?"

"그래도 포기할 때 포기할 줄 알아야 돼. 넌 아직 그들이 누군지 잘 몰라서 그런 거야."

코펠은 아까 왔던 인물들에 대해서 자신이 아는 바를 털어놓았다.

"이곳 아테네에는 아테네파와 테살로니카파, 이 두 조직이 첨예하게 대립하고 있어."

계속 말해보라고 고개를 끄덕였다.

"서로 암중으로 경계하느라 큰 싸움이 나지는 않았어. 기존의 아테네파가 상황을 주시하고 있거든. 아무래도 신생조직인 테살로니카파가 함부로 덤빌 수 없지."

"그럼 지금은 아테네파가 더 힘이 있다는 말이네요."

"그렇지, 아테네파는 전통적인 조직이야. 1820년대에 그리스 독립 전쟁 때 생긴 조직이니, 근 300년째 이어져 내려오고 있어. 지금의 시장은 그쪽에 속한 사람이라고 하더라고."

코펠이 위스키를 들이켰다. 아까의 긴장이 좀 풀리는 모양이었다.

"그리고 테살로니카파는 신흥 조직이야. 원래 테살로니카에서 10년 전쯤에 생겨났는데, 아테네로 거점을 옮기는 중이지. 이번 선거에서 시장과 견줄 만한 후보를 거기서 지원을 한다는 소문이 있더군. 지금 시장이 평판이 좋지 않으니까, 기회라고 여긴 거야. 시장이 되면 시의 예산과 정책을 자신들이 원하는 대로 움직일 수 있을 테니까 말야."

"이번 공모전의 꼼수는 그 열세를 만회하기 위해서 벌인 일이 확실하군요. 그렇죠?"

잔의 남은 위스키를 모두 들이켠 그는 단정하듯 말했다.

"뭘 하든 신경을 거스르게 될 거야. 그리고 일이 틀어지면 모두 우리 탓이 될 거고. 나는 손 뗄 거야. 자네도 떼!"

한마디로 너무 위험한 사람들과 경합을 한다는 말이었다.

직접 언급하지 않았지만 시청에서 아테네건설의 손을 들어준다는 것은 그 회사가 조직의 자금줄 중의 하나임을 의미했다. 그들의 목적은 돈도 챙기고, 지지율도 챙기겠다는 것.

'과연 공정한 방법으로 이길 수 있을까?'

나 또한 의문이 들었던 것은 마찬가지였다.

"이 안, 설계비 얼마로 책정했어요?"

"백만 달러."

"알았어요. 그게 있으면 설계 진행하는 데는 문제가 없다는 말이죠?"

그는 고개를 끄덕였다. 그러면서도 포기했는데 뭐하러 묻느냐는 눈빛이었다.

어디까지나 그가 출품자였다. 코펠이 없으면 모든 것이 허사가 된다.

"일단 출품하기 전까지만 날 지켜봐 줘요. 그러고도 당신이 안 된다는 결론을 내리면 그때는 포기할게요."

하지만 여전히 미심쩍은 표정이었다.

내가 말을 이었다.

"대신 100만 달러에서 추가되는 설계 비용은 제가 가지겠어요."

목숨 걸고 일하는데 공짜로 일할 수는 없다.

코펠이 떨떠름하게 얼버무렸다.

"그날 봐서."

"안 돼요! 하고 안 하고는 그때 가서 결정하는 거지만 추가 비용에 대한 권리는 지금 결정해요. 얼마가 될지는 제가 결정할 거고, 받아내는 것도 내가 하겠어요. 인정해요?"

일단 그는 손해 볼 것이 없었다.

"그건 인정하지. 하지만 그때 가서 안 된다고 하는데 고집 부리기 없기야!"

그도 자신의 권리에 대해서는 강력하게 못을 박았다. 그는 여전히 이것을 할 생각이 없었다.

다음 날.

"아테네에 아는 사람들 좀 있죠?"

"그럼! 내가 여기 자리 잡은 지가 벌써 5년이 넘었어. 왜?"

"그 사람들 좀 만나고 와요."

"도움을 청하라고? 그건 안 돼. 불가능해."

내가 피식 웃었다.

"설마요. 사람들 만나서 우리는 시장의 의중을 파악했다. 그래서 그것대로 설계를 할 거다. 파격적인 설계가 나올 것이다. 이 정도만 얘기하시면 돼요."

"무슨 꿍꿍이야. 공모전에서는 비밀 엄수가 가장 중요하다고."

그의 걱정도 이해가 갔다.

"어차피 이대로 가면 우리는 당선될 수 없어요. 알죠?"

"알아. 쯥. 하지만 세상에서 상대하기 제일 힘든 게 돈 있고 힘있는 것들이야."

그의 대답에서 씁쓸함이 배어나왔다.

자신의 원하는 것이 노력만으로 안 된다는 것을 깨달았을 때, 알게 되는 인생의 쓰디쓴 맛 말이다.

"당신은 내가 뭘 설계할지, 어떻게 변경할지 감이 와요?"

"그걸 내가 어떻게 알아? 하는 걸 본 적도 없는데."

"그럼 일단 비밀 엄수는 OK?"

코펠이 어이없다는 듯이 웃었다.

"그래, 그래. 하하하. OK! OK! 그럼 다음은?"

"당신은 능력이 있어요. 단지 상황이 거기에 따르지 못하는 거예요."

"약자의 변명이야. 다음은 뭘 하려고?"

"멍석을 깔아야죠. 한바탕 춤사위를 펼치려면 제대로 된 멍석을 깔아야 하거든요."

"……."

"준비되면 제가 알아서 할게요. 당신은 굿이나 보고 떡이나 먹어요."

"굿? 떡? 멍석? 하하. 네 말은 무슨 말인지 모르겠다."

"신경 쓰지 마세요. 한국에 그런 말이 있어요. 얼른 다녀와요."

등을 떠밀다시피 코펠을 밖으로 내보냈다.

어떤 의미에서 그의 역할이 가장 중요하다. 모든 것의 시작이니까.

실력으로 안 되는 일은 많다. 차마 실력을 보일 기회조차 없을 때는 훨씬 더 많았다.

약자의 변명이라고 그는 말했지만 나는 생각이 다르다.

변명은 약자가 하는 게 아니라, 패자가 하는 거다.

그리고 약자는 패자가 아니다. 승부가 나기 전까지는.

아직 승부는 나지 않았다. 아니, 시작도 되지 않았다.

'내가 준비되는 때가 승부의 시간이지.'

나는 설계 변경에 들어갔다.

공모전 당일 시장 집무실.

"시장님, 오늘 조간 보셨습니까?"

항상 침착하던 비서관이 호들갑을 떨었다.

시장은 막 출근하던 참이었다.

"왜 또, 어떤 놈들이 내 욕이라도 하는 거야?"

근엄함이 지나쳐서 시민과의 소통이 전혀 없는 시장의 별명은 '불통'이었다. 대화가 통하지 않는다는 의미다.

"아뇨, 그건 아닙니다."

거슬리는 말을 했다가는 당장에 불똥이 떨어진다.

"그럼! 농성이라도 하는 거야?"

비서관은 그냥 보여주기로 했다.

말로 설명하는 것도 어차피 그것의 연장선일 테니까.

"이것 좀 보시죠."

신문을 내밀었다.

시장의 얼굴이 찌그러진다.

신문을 볼 때마다 지지율이 떨어지는 그래프요, 시정을 비난하는 소리이니 신문을 안 본 지가 벌써 일 년이 넘었다.

"나 신문 끊은 거 몰라? 지금 나보고 이걸 보라는 거야? 엉!"

내용에는 눈길도 주지 않고, 비서관에게 호통을 쳤다.

"그래도…… 시장님. 꼭 보셔야 합니다."

불통시장은 결국 신문을 집어 들었다.

〈조간 아테네〉

-공모전에 출품하는 한 건축 사무소와의 인터뷰 내용 전문.

(기는 기자, 건은 건축사 사무소, 사무소 측에서 익명을 요청했으므로, 밝히지 못함을 양해해 주십시오.)

기 : 공모전 당선 결과가 취소된 것으로 알고 있습니다. 이유가
　　무엇입니까?

건 : 절차상의 문제가 있었습니다. 도면의 누락이었으니 우리 측
　　의 잘못이었습니다. 인정합니다.

기 : 억울하지 않으십니까?

건 : 이미 지나간 일입니다. 시청을 찾아갔을 때, 직원이 이런 말
　　을 하더군요. 당신들이 아테네에 대해서 얼마나 아느냐고요.
　　그래서 깨달았습니다. 단지 아름다움만을 추구했구나. 우리
　　생각이 짧았습니다.

기 : 그래서 설계 변경을 하신 겁니까? 저번의 출품작으로 당선
　　을 했고, 충분히 아름다웠습니다만.

……중략…….

기 : 시장이 원하는 바는 뭐라고 생각하십니까?

건 : 안타깝게도 직접 만나 뵐 수는 없었습니다. 하지만 곰곰이
생각을 해본 결과, 아테네 시민들과의 소통을 원하시는 것이
아닌가 하는 결론을 내렸습니다. 물론 저는 외국인이라서 아
테네를 잘 모릅니다.

기 : 하하. 아테네 시장은 불통시장으로 유명한데, 구체적으로 어
떤 것 때문에 그런 생각을 하신 겁니까?

건 : 사람은 직접 만나 봐도 모를 때가 많습니다. 하지만 굳이 만
나지 않더라도 알 수 있을 때가 있습니다. 인터뷰도 있고, 주
변 사람도 있고, 많지 않겠습니까?

기 : 구체적으로 어떤 부분이 변경이 된 겁니까? 시장의 의도가
뭔지 궁금합니다. 말씀해 주시면 안 되는 겁니까?

건 : 그건 공모전 현장에 오셔서 직접 확인해 보십시오. 직접 상
세하게 설명드릴 기회가 있을 겁니다.

"그래서! 지금! 나보고 이런 자리를 나가란 말이야?"

"시장님의 의중이라고 대놓고 말하는데, 잘못된 것이 있
다면 해명하셔야 합니다. 즉각 해명하는 것이 가장 좋습니
다. 그리고 시민들과 소통한다는 이미지도 만들 수 있고 말
입니다."

시장이 신문을 책상으로 픽 집어 던졌다.

"알아서 스케줄 맞춰 봐. 오라는 데, 가보지 뭐."

지금 우리는 부랴부랴 공모전 장소로 향하는 중이었다.

"연락을 줄 거면 미리 주든가!"

코펠의 입이 댓 발이나 나왔다.

갑작스레 공모전 발표 장소가 변경되었다.

그것도 떠나기 직전에 연락을 받았다. 짜증이 날 만도 했다.

원래 공모전은 저번과 동일하게 시청의 회의실에서 이루어질 계획이었다.

하지만 시민들의 빗발치는 항의 전화로 인해 아테네 외곽의 배드민턴 경기장으로 변경되었다.

"예상했던 일이에요."

"이걸 예상했다고?"

"시민들이 난리를 칠 거라고 예상은 했지만 그 장소는 좀 의외네요."

코펠이 의아하게 물었다.

"뭘 근거로 그렇게 예상을 했는데?"

"신문에 냈잖아요. 시민들이 볼 거고, 시장도 보겠죠."

"마피아들도 볼 거 아냐!"

"시민들을 상대로는 마피아도 어쩔 수 없어요. 몽땅 죽일 게 아니라면."

"무섭지 않아?"

"무섭죠. 그러니까 이렇게 시민들로 실드를 친 건데. 그리고 그놈들한테 피해 가는 건 없을 거예요."

"그건 또 왜 그렇게 확신해?"

궁금한 게 많은 코펠이었다. 새파랗게 어린놈이 일을 크게 벌인다는 느낌도 있을 것이다.

"놈들이 원했던 건 돈과 지지율이에요."

"네 말대로 지지율은 높아진다고 치자. 돈은? 포기할 거야?"

'설마 그럴 리가! 일일이 설명하기 귀찮네.'

"그건 제가 알아서 할게요. 당신은 운전이나 신경 써요."

"성훈, 그래도 빨리 가야지. 입찰 자체가 취소될지도 몰라."

그리스가 그렇게 시간관념이 정확한 동네이던가.

그리고 이 정도로 신문에 밑밥을 뿌렸으면 시민들이 기다려 준다.

'오히려 먼저 가서 브리핑을 하면 아이디어를 도둑맞을 염려가 더 크지.'

"그럴 일 없어요. 시민들은 시장의 의도가 궁금해서라도 기다려 줄 거예요."

그의 어깨를 다독이며 마음을 진정시켰다.

주차장은 이미 시민들의 차로 꽉 차 있었다.

"코펠, 먼저 들어갈 테니까. 주차하고 오세요."

주차할 곳이 마땅치 않아 보여서 입구에서 주섬주섬 발표할 것을 들고 경기장으로 향했다.

혹여나 누군가가 중간에 장난을 치더라도 코펠에게 치겠지. 나에게 치지는 않을 것이다.

난 설계자가 아니라 관계자일 뿐이니까.

"보통은 설계자가 브리핑을 하는 법이지."

그럴 일이 없기를 바라지만 설령 있다고 해도 위해를 받지는 않을 것이다.

코펠이 가진 것은 없었다. 도면도, CD도, 아무것도.

그리고 내가 본 마피아들은 적어도 결과가 나오지도 않았는데, 총을 빼 들 양아치들은 아니었다.

경기장 안으로 들어가니 이미 아테네건설에서 브리핑 준비를 완료하고 있었다.

우리에게 삿대질을 하던 직원도 와 있었다.

그가 말했다.

"왜 이렇게 늦은 거요. 하여간 외국인들이란."

"미안합니다. 차가 워낙 막혀서요. 하하."

웃음으로 얼버무리며 자리를 찾아갔다.

저번 공모전에서 박스 두 개로 브리핑을 하던 남자가 나를 봤다. 멋진 정장을 입고 작대기를 든 채 당당한 얼굴로 서 있었다.

"최선을 다해봅시다."

그 말과 함께 비릿하게 웃으면서 자신의 패널을 툭툭 두드렸다.

그의 작대기 끝에는 우리가 설계했었던 파르테논 신전이 있었다.

대신 기둥에 좀 힘을 줬던지 힘있는 도리스양식 대신에 화려한 코린트식 양식으로 바뀌어 있었다.

그 외의 몇 군데도 약간의 변경된 것이 보였다.

"흐흐흐."

그의 비열한 웃음에 나도 웃어줬다.

"흐흐흐. 힘 좀 줬나 보네요."

놈이 더 크게 웃었다.

"크하하. 그래도 눈은 제대로 박혀 있구만."

나도 더 크게 웃었다.

"크하하하!"

'이 병신아! 도리스식 기둥이 붙어 있으니까 파르테논이라고. 니네 나라 역사나 다시 공부하고 와라. 크하하하.'

건축가들이 보면 경악할 만한 흉물을 만들어 놓고는 승리의 미소를 짓고 있었다.

설마설마했지만 정말 그럴 줄은 몰랐다. 무리수를 둬도 너무 과하게 됐다.

우리나라 전통 한옥에다가 철제 방화문을 설치하는 거랑 똑같은 짓을 해놓고는…….

'내가 너 살린 줄 알아라. 병신아! 그거 당선되면 넌 전 세계의 건축가들에게 돌 맞아 죽는다. 알아?'

어찌 웃지 않고 배기겠는가?

"먼저 할 거요?"

시청 공무원이 물었다.

"아뇨, 아직요. 코펠이 안 왔네요."

"크흐흐."

저 웃음의 의미는 뭐지! 설마…….

그는 약 올리듯 웃었다.

"걱정 마쇼. 끝날 때나 되면 말짱하게 돌아올 테니까. 능력되면 당신이 직접 하든지."

그렇다면야 뭐, 걱정할 것은 없었다.

'흥. 고맙다. 기회를 줘서.'

그가 내 귀에 대고 속삭였다.

"이것 보쇼. 외국인 양반! 뭔 짓을 해도 안 될 거요."

"그건 뚜껑을 열어봐야 알죠."

내 말이 맘에 들지 않았던지 혀를 차며 대꾸했다.

"쳇! 이미 결과는 나와 있는데, 왜 이렇게 유난을 떠는지 몰라. 어리석은 외국인들!"

낙찰과 유찰은 자신의 손을 거쳐서 결정되는 것이니 그의 말은 진실일 것이다. 아직은 말이다.

아테네건설로부터 받은 검은 돈은 이미 낱낱이 분해되어 시청 식구들과 나눠 가졌을 가능성이 크다.

욕심이 좀 있는 자라면 높은 사람들에게만 바쳤을 것이고.

그것도 아니라면 애초에 시장의 지시였을지도 모를 일이다.

나는 시장에게 선택을 강요할 것이다.

'둘 중에 하나만 하라고. 돈 아니면 지지율.'

아테네건설의 브리핑이 끝났다.

그는 적절히 중간중간에 '시민과의 소통'이라는 말을 집어넣었다.

아마도 시민과의 소통을 말한 건축 사무소가 자신들이라

는 말을 하고 싶었던 것이 아닐까.

그러나 한 명의 시민도 납득시킬 수는 없었다.

'시민들을 바보로 보는구만.'

"이상 시민들과의 소통을 목표로 하는 아테네건설, 클라우스였습니다."

시장을 포함한 시청직원들이 열렬한 박수를 보냈다.

그리고 이내 시민들의 차가운 반응에 머쓱하게 자리에 앉았다.

우리 차례가 왔다. 아니, 정확히는 내 차례였다.

코펠은 아직도 누군가와 대화를 하고 있을 것이다. 두려운 기억이 되지 않기를……

이번에는 패널을 준비하지 않았다.

그냥 이미지를 괘도에 붙여서 둘둘 말아서 왔다.

패널이 되면 부피도 부피거니와 파손되면 제대로 설명할 수 없기 때문이다.

지금처럼 누군가가 우리 도면을 가로챌 거라는 생각도 어느 정도는 있었고 말이다.

클라우스에게 다가갔다.

그가 나를 뻔히 쳐다봤다.

"뭐요?"

그를 향해 웃으며 말했다.

"작대기 좀 빌려주시죠."

거만한 승자의 자세로 작대기를 내밀었다.

"잘해 보쇼."

"그럴게요. 잘 보세요."

그의 패널 옆에 괘도를 걸었다.

작대기로 첫 페이지를 넘겼다.

우리가 모티브로 한 파르테논의 신전이 나왔다.

사람들이 웅성거렸다.

"똑같은 것 같은데, 베낀 거 아냐?"

"쳇. 누가 누굴 베낀 건지 알 수가 있나?"

"그게 중요해? 시장의 의도가 중요하지!"

몇몇의 다혈질인 사람은 야유를 한다.

"우~!"

'흥. 뒤에 발표하면서 이 정도의 반응이 나올 거라는 건 각오했다고.'

그러나 비난을 받는다는 것은 언제나 기분이 좋지 않다.

이들의 잘 흥분하는 민족성도 한몫을 했다.

'흥분도 잘하지만 반대로 열광도 잘하지.'

클라우스의 얼굴에서도 비릿한 미소가 번져 나왔다.

'그럼 그렇지! 네까짓 게'의 느낌!

그런 그의 음흉한 웃음을 무시했다.

내가 승부할 곳은 이곳이 아니었다.

몇 페이지가 넘어갔다.

"우리는 파르테논 신전을 모티브로 이 설계를 했습니다."

한 호흡을 가다듬고 냉소 섞인 눈빛의 시민들을 둘러보았다.

"하지만 진정으로 아테네를 상징하는 것은, 그리스의 자랑은 다른 것이라고 생각했습니다."

"흥. 아테네 여신께 봉헌한 파르테논 신전이 아니면 뭐란 말인가?"

클라우스가 우습다는 듯이 따져 물었다.

'그렇게 생각했으면 진작에 그걸 들고 나온던가! 베껴놓고는 큰소리야. 큰소리가!'

침착하게 군중들을 둘러보며 말했다.

"저는, 아테네의 진짜 상징은 '민주주의'라고 생각했습니다."

다혈질의 군중들이 웅성거리기 시작했다.

"엉? 민주주의?"

"그렇지! 그리스는 민주주의의 발상지지. 암."

민주주의라는 이념에 대한 그리스인의 자부심은 대단했으리라.

"페리클레스가 말했습니다. 우리의 정체가 민주주의로 불리는 까닭은 권력이 민중 모두에게 있기 때문이라고."

페리클레스는 민주정을 주도하고 발전시킨 민주주의에 중요한 공헌을 한 인물이며, 파르테논 신전을 짓도록 지시한 사람이기도 하다.

"만인이 법 앞에 평등하고, 직면한 문제를 해결하는 것은 민중의 생각이라고 믿습니다. 저는 그것이 민주주의라고 생각합니다."

소통 부재로 답답했던 마음들이 함성으로 터져 나왔다.

"옳소."

"맞는 말이오."

"민중의 의견을 무시하고, 소통하지 않는 것은 정치가로서의 자세가 아니고, 그것은 민주주의도 아니오."

'기대했던 반응이 나오는군.'

여기 모인 사람들은 모두, 시장의 '불통정치'에 불만이 있어서 나온 사람들이었다.

신문 한편의 작은 인터뷰를 보고, 공모전 발표 장소를 당일 아침에 바꿔 버린 정열적인 사람들!

'일단 반은 성공이군.'

예전에 내가 알던 건축소장은 이런 말을 했었다.

"성훈아, 네가 하고 싶은 말을 강요하지 마라. 상대가 들고 싶은 말이 뭔지를 먼저 생각해라."

그는 내가 지난 삶에서 아는 사람들 중에 가장 말을 잘하는 사람이었다.

나는 이 열정적인 시민들이 무엇을 보기 위해, 어떤 말을 듣고 싶어서 이 자리에 나왔는지 알고 있었다.

'여기 모인 시민들은 바보가 아니라고.'

"어느 신문기자가 저에게 물었습니다. 시청 설계의 컨셉이 뭐냐고요. 저는…… 소통이라고 했습니다."

군중들의 숨소리가 느껴질 만큼 집중하는 게 보였다.

건축이란!

구조에 따라서 용도가 고정되지만, 때로는 용도에 따라서 구조가 변하기도 한다.

"그리고 그 고민의 결과는 이것입니다."

마지막 페이지를 넘겼다. 곧바로 설명을 이어갔다.

"저는 파르테논 신전의 지붕을 없애 버렸습니다. 그 거대한 지붕이 하늘과의 소통을 막고 있다고 생각했습니다. 우리 대한민국에는 '민심이 천심'이라는 말이 있습니다. 민중이 곧 하늘이라는 말입니다."

옆으로 다가갔다.

아테네건설의 설계안이 있었다. 파르테논이 보인다.

그 묵직한 지붕을 작대기로 짚었다.

"이 꽉 막힌 지붕 안에 위정자가 있습니다. 지붕을 틀어막고 눈과 귀를 닫고 있으면 과연 소통할 수 있을까요? 파르테논을 그대로 짓는 것이 중요할까요. 소통하는 민주주의를 수호하는 것이 중요할까요?"

다시 내 자리로 돌아왔다.

달랐으면 비교하기 어려웠을 텐데, 비슷하니 더 좋았다. 금상첨화!

'과연 비교가 잘되었을까? 시민들에게 통할까?'

너무 조용하게 반응이 없으니 걱정이 되었다.

'여기서 안 먹히면 곤란한데.'

돌아오며 클라우스 쪽을 슬쩍 보았다. 그의 얼굴은 썩은 두부 같았다. 그 모습을 보며 확신할 수 있었다. '먹혔구나!' 하고.

나는 그리스인들을 잘 모르지만, 클라우스는 나보다 100배는 더 잘 알 것 아닌가!

가슴을 쓸어내렸다.

옥상의 배치도를 가리키며, 확신을 가지고 설명을 이어갔다.

"저는 이 옥상에 그리스를 상징하는 올리브 나무를 심었습니다. 그리스의 중심, 그 아테네의 한가운데 있는 시청입니다. 전 세계인이 아테네를 방문할 때마다 이곳에 들러서 민주주의의 산실이 그리스임을 떠올리게 될 것입니다."

다시 한 번 옥상을 짚었다.

"알고 계십니까? 고대 그리스 시민들이 모여서 토론하던 장소를!"

다른 사람들은 몰라도 그리스인들은 알리라.

좀 더 목소리를 높였다.

"기억하십니까? 삼천 년 전, 당신의 선조들이! 국방의 의무를 말하고, 왕과 정치를 논했던 그 광장을!"

야유의 목소리도, 흥분의 목소리도 아무것도 없었다.

하지만 확신할 수 있었다.

이미 이들은 알고 있을 거라고. 내가 말하려는 것이 뭔지. 당신들이 진정으로 원하는 게 뭔지.

드넓은 체육관에 들리는 것은 내 목소리뿐이었다.

"다시 한 번 보고 싶지 않으십니까? 이 땅에서 민주주의가 처음으로 태동된 요람을!"

그리고 괘도 위 이미지를 덮고 있던 얇은 종이를 벗겨 버렸다.

시청 옥상 곳곳에 배치된 시민들을 위한 공간, 조각상, 연기를 위한 무대가 드러났다.

조용한 가운데, 누군가가 외쳤다.

"아고라!"

아고라는 고대 그리스인들이 철학을 말하고, 정치를 토론하며, 문화 전반을 소통했던 광장이었다.

"시청 옥상에다가 아고라를 설치한다고? 정말?"

사람들의 눈이 휘둥그레졌다.

"이게 정말 시장의 의도라고? 저 고집불통 같은 인간이 소통을 하고 싶어 한다고?"

"말이 돼? 허풍 치는 거 아냐?"

하지만 그들의 웅성거림은 다른 소리에 덮여 버렸다.

누구인지 모를 사람에게서 흘러나온 파동의 시작이었다.

"아.고.라! 아.고.라!"

몇몇의 정열적인 시민이 자국의 자부심에 '아고라'를 외치고 있었다.

그들 그리스 문명을 찬란하게 꽃 피우게 했던 그곳의 이름을.

소크라테스라는 성인이 처음으로 자신을 알린 그 광장을.

뜨거운 태양 아래 잉태된 고대 그리스의 찬란함을 이들은 원하고 있었다.

앞선 물결이 잦아들기 무섭게 숨 쉴 틈도 주지 않고 더 뜨거운 파도가 뒤따랐다.

"아.고.라! 아.고.라!"

아테네 시민들이 원하는 것이었다.

제우스의 자비를 논하고, 아프로디테의 아름다움과 아테네의 지혜를 말했던 그 장소를.

지중해를 주름잡던 고대 그리스의 자유와 민주주의의 염원이 이곳에 임한 것 같았다.

"아.고.라! 아.고.라!"

남녀노소를 가릴 것 없이 모두 한 목소리였다.

그리스 지성의 바탕이었던 '아고라'가 폭풍이 되어 체육관을 휩쓸었다.

희열의 물결은 가라앉았다. 격앙된 감정으로 울먹거리는 사람도 있었다.

그들의 귀에 들리도록 큰 소리로 말했다.

"'아고라'는 그리스 문화의 요체입니다. 저는 이 아테네의 중심에, 그 찬란했던 토론의 장을 재현하고 싶었습니다."

"와~!"

휘익!

축제를 방불케 하는 휘파람과 함성이 나를 향해 밀려들었다.

다시 소란스러워진 군중에게 손을 들어 제지했다.

군중의 소란이 잦아들었을 때.

올리브 나무가 곳곳에 장식된 옥상의 귀퉁이 작은 방을 작대기로 짚었다.

"그리고 이곳!"

사람들의 시선이 몰렸다.

"이곳이 바로! 시장의 집무실이 될 것입니다."

"와! 진짜! 아고라 바로 옆에 시장이 있다고?"

"와우! 대박이야! 브라보!"

"으하하. 시장이 드디어 미쳤구나. 말도 안 돼!"

아직 실현이 된 것도 아니건만, 상상만으로도 현실이 된 듯 기뻐 날뛰고 있었다.

반면, 시장의 얼굴은 찌그러진 깡통마냥 구겨졌다.

결단코, 시장이 원하는 것은 아닐 것이다.

내 생각이지만 그는 왕처럼 군림하려고 했다.

일방적으로 명령하고, 지시했을 것이다.

그렇지 않았다면 이만큼 시민들의 불만이 쌓이지 않았을 테니.

시장의 타오르는 시선을 귀 뒤로 흘려보냈다.

시민들의 함성 소리 때문에 나는 목소리를 높였다.

"저는 공모전 결과를 따지러 시청에 갔을 때, 부끄러웠습니다."

뭐가 부끄러웠을까?

소리는 잦아들고 시선은 내게로 모아졌다.

"그분이 말씀하셨습니다. 네까짓 외국인이 아테네에 대해서 뭘 아냐고."

시청 공무원을 직시하며 물었다.

"그렇지 않습니까?"

사람들의 시선이 일제히 내 눈을 좇아 한 사람에게 집중되었다.

'나 김성훈. 받은 만큼은 갚아준다.'

눈빛을 받은 자의 고개가 점점 땅으로 기울어졌다.

"혹시 제가 잘못 들은 겁니까?"

모기 소리 같은 대답이 들렸지만 나는 못 들은 척 그의 대답을 기다렸다. 군중들도 그의 대답을 기다렸다.

고요한 침묵이 한 사람을 짓눌렀다.

그가 고개를 치켜들면 고함치듯 말했다.

"그렇게 말했소. 진심으로 미안하오!"

부끄러움으로 벌게진 얼굴로 잘못을 시인했다.

인종차별에 대한 경멸과 눈앞의 동양인에게 부끄러운 감정으로 사람들의 시선이 엇갈렸다.

"하지만 저는 그 부끄러움으로 아테네를 다시 한 번 생각하게 되었고, 그 결과 더욱 사랑하게 되었습니다."

바로 말을 이었다. 사과한 사람의 마음을 더 무겁게 하고 싶지 않았다.

"한 번의 실수이니 너그러운 마음으로 용서해 주시기 바랍니다."

개인적인 복수를 했으니 이제는 결론으로 치달아야 했다.

탁!

시장 집무실을 소리 나게 치며 말을 이었다.

"왜! 시장 집무실을 여기에다 설치했느냐?"

아무도 대답하지 못했다. 전율이 일 정도로 조용했다.

"그것이 진정으로 시장께서 생각하는 '민주주의'가 아닐까 생각했기 때문입니다."

시장을 바라보며 고개를 숙였다.

"혹여 저의 섣부른 식견으로 시장님의 의중을 오해하는 결례를 범했다면 용서해 주십시오."

시장의 눈썹이 꿈틀꿈틀 경련을 일으켰다.

근엄한 얼굴에 금이 가는 느낌!

시민들 중 성질 급한 사람이 내게 물었다.

"정말 시장이 원하는 게 그거였소?"

원래 여기 모인 시민들의 관심은 얼마나 아름다운 시청이 지어지느냐가 아니었다. 시장의 의중이었지.

나는 말을 슬쩍 돌렸다.

"시장님께 직접 들은 것은 아닙니다. 그때 시청 직원이 말했던 것이 그런 뉘앙스였습니다. 아닙니까?"

용서를 받은 시청 직원은 시장의 눈치를 슬쩍 살폈다. 그리고 나를 바라보았다.

나는 눈짓으로 시민들을 가리켰다. 내 시선을 따라 그의 눈도 시민들을, 아니, 체육관 전체를 둘러보았다.

과연 그는 어떤 대답을 할 것인가?

숨을 크게 들이쉬더니 한숨 쉬듯 말했다.

"그의 말이 맞습니다."

체육관이 점점 달아오른다.

증언을 한 시청 직원은 죄라도 지은 양 시장의 눈을 피해 먼 곳으로 시선을 돌렸다.

원하던 대답을 들었으니 다음 설명을 이으려고 했다.

그런데 한 시민이 내게 소리쳤다.

"건축가 양반! 잠시만 멈춰 주시요. 나는 시장의 말을 직접 듣고 싶소. 정말 소통할 마음이 있는 것이오?"

"신문에 난 게 정말이오? 그걸 들으려고 이 자리에 왔소."

사람들이 이구동성으로 외쳤다.

"시장에게 마이크를 줘라! 우리는 시장의 입으로 직접 듣고 싶다!"

이제 바통은 시민들에게로 넘어갔다.

'진인사 대천명! 이제 하늘에 빌 수밖에.'

내가 준비한 것은 모두 끝이 났다.

시장의 선택을 기다리는 것만 남았다.

지지율을 선택할 것인지, 아니면 100만 달러에서 파생되는 부스러기 푼돈을 거머쥘 것인지!

공모전 현장의 열기가 뜨거웠다. 에어컨은 폭발할 듯이 돌고 있었지만 소용없었다.

넓은 배드민턴 경기장이지만 사람들의 체열로 사우나를 방불케 했다.

하지만 누구도 덥다고 말하지 않았다.

이 열기가 폭동으로 변하는 것은 어쩌면 한순간일지도 모른다.

심상찮은 공기에 비서관이 얼른 마이크를 시장에게 건넸다.

시장이 자리에서 일어섰다.

천천히 군중들을 둘러보며 근엄한 미소를 보이며 말했다.

"저렇게 시민들과 소통할 공간이 생긴다면 저로서도 환영할 만한 일이지요. 하하!"

시민들의 미덥지 않다는 시선이 그를 향하자 마지못해 말을 이어 나갔다.

"특히나…… 저 시장실의 배치는 여러분과 소통하려고

하는 제 의지가 어떤지를 명확하게 보여주는 것입니다. 저 동양인 젊은이는 제 마음 속을 들어갔다 나온 것 같군요. 하하하!"

그는 정치인이었다.

흔들릴 것 같지 않던 그의 고집은 지지율 앞에 무릎을 꿇었다.

함께 자리한 기자들의 플래시 세례가 시장을 덮쳤다.

그는 여전히 근엄한 얼굴로 카메라를 향해 웃고 있다.

그런 시장의 귓가로 시민들의 웅성거리는 소리가 들려왔다.

"시장이 정신을 차린 건가? 사람이 갑자기 변한 건가?"

"사람이 이렇게 쉽게 바뀔 리가 없는데? 속는 셈 치고 한 번 더 믿어 봐?"

"이놈이고 저놈이고, 다 똑같은 놈들인데."

"그래, 맞아! 어차피 그놈이 그놈인데!"

냉랭하기만 하던 시민들의 반응에 조금씩 변화가 생겨나고 있었다.

노련한 정치인인 시장이 그런 변화를 놓칠 리 만무했다.

사단은 엉뚱한 곳에서 일어났다.

"이건 파르테논 신전을 모독하는 거요!"

소리를 지른 이는 클라우스였다.

울고 싶은데, **뺨** 때리는 격이랄까. 이렇게 질러주면 맞장구 쳐 줘야지!

"어느 부분이 신전을 모독하는 겁니까?"

뭐가 그렇게 열이 받는 것일까?

자기네가 가져가야 할 공사를 내가 가로챈 것이?

게임도 안 된다고 생각했던 조그마한 건축사 사무소에게 밀리는 것이?

실력으로 가져가면 될 것을, 꼼수란 꼼수는 다 써놓고는!

실력으로 졌으면 제대로 승복이라도 하던가!

"신을 모시는 신전을 지으면서 지붕을 날리다니, 그리고 우리 건설사를 그대로 베껴놓고는 부끄럽지 않소?"

적반하장!

들고 있는 작대기로 **뺨**을 갈기고 싶었다.

'코펠이 몇 달을 고민한 걸 그대로 베낀 놈들이 뭐가 어쩌고 어째? 네놈만큼은 제대로 밟아주지. 개자식!'

"이거 신전 아닙니다. 시청이지."

분노한 클라우스를 무시하고, 시장에게 물었다.

"신전을 짓기를 원하십니까? 시장님!"

사람들의 시선이 다시 시장과 나를 향했다.

시민들의 눈이 묻고 있었다.

'신이 되기를 바라?'

시청의 대장은 시장이고, 신전의 대장은 신이다.

그럼 시청이 신전이면, 시장은 신인가?

당연하게 귀결되는 논리였다.

시장의 근엄함이 잠시나마 부서졌다.

소스라치게 놀라며 손을 내저었다.

"무슨 소리들을 하는 거요? 방금 전에 민주주의를 말했잖소. 나, 그런 사람 아니오."

그리고 클라우스를 향해 손가락질을 하며 호통을 쳤다.

"무슨 소릴 하는 거냐? 헛소리하지 마라!"

클라우스는 무슨 실수를 했는지, 깨달은 모양이다. 얼굴이 새파랗게 질렸다.

'이렇게 보내면 섭섭하지.'

"설마 그런 의미로 말했겠습니까? 워낙 파르테논 신전을 사랑하다 보니, 뭘 모르는 외국인이 실수를 했다고 오해하신 모양이죠. 마저 말하게 해주십시오."

클라우스에게 물었다.

"또 어느 부분이 신전을 모독하는 겁니까?"

다시 사람들의 시선은 우리의 설전에 집중되었다.

그사이 시장이 한숨을 놓았음은 물론이다. 내게 향하던 시장의 분노는 저놈에게로 상당 부분 분산되었다. 다행이라고 할까!

클라우스가 이런 갑작스런 반격에 버벅거렸다. 내가 되물을 줄은 몰랐던 모양이지.

그의 주춤거림을 내가 이어받았다.

받았으면 되돌려주는 것이 예의다!

숨을 크게 들이쉬고, 아테네건설의 설계안을 가리켰다.

"당신네의 설계는 진정 파르테논 신전을 본뜬 것이 맞습니까?"

"당연하지!"

발을 한 걸음 앞으로 내디뎠다.

"정말! 저것이! 파르테논 신전을 지으려고 했던 것! 맞습니까?"

클라우스가 악을 쓰며 고함을 질렀다.

"당연ㅎ……."

"잠깐!"

그의 말을 가로막는 인물이 있었다.

아고라광장의 콘셉트를 발표한 이후, 내내 고개를 숙이고 있던 사람이다.

맨 앞자리에 앉아 지팡이를 짚고 있는 백발의 노인이었다.

그가 지팡이를 짚고 자리에서 일어났다.

"교수님!"

클라우스가 화들짝 놀랐다.

"더 이상은 얼굴이 부끄러워서 앉아 있을 수가 없구나."

노교수는 단상에 올라와서 나에게 인사를 했다.

"내 제자가 부끄러운 꼴을 보였소. 그 이후는 내가 설명해도 되겠소?"

노교수의 비장한 모습을 보니 마음이 좀 바뀌었다.

'굳이 내가 이 노교수에게 수치를 줘야 할까?'

꼬장꼬장한 목소리를 듣고 있자니 한 교수가 생각이 났다.

시장에게 물었다.

"시장님! 저 발표 끝났습니다. 이제 끝난 거 아닌가요?"

시장은 시민들에게 둘러싸여 정신이 없다.

그의 비서가 부리나케 뛰어 올라와서 공모전의 종료를 선언했다.

노교수에게 인사를 했다.

"전 이만 발표가 끝나서 가보겠습니다. 더 있고 싶습니다만, 다른 일정이 있어서요."

전투적인 자세에서 한 걸음 물러선 나를 보며 교수는 내 마음을 알아챈 것 같았다.

"고맙네. 고마우이. 내 이 은혜는 잊지 않겠네."

빠져나가는 인파에 섞여서 체육관을 나왔다.

등 뒤로 사제 간의 대화가 들린다.

"이건 무슨 의도가 담긴 거냐!"

"교수님, 그건 해체주의 건축의……."

"해체주의가 저런 쓰레기 잡동사니를 만드는 것이냐? 역사의 고증도 없이, 재해석도 없이, 그저 갖다 붙이면 그게 해체주의냐?"

등 뒤로 노교수의 노한 음성이 흐르고, 격분을 못 이겨 지팡이를 휘두르는 소리가 들린다.

"이런 쓰레기를 만들어놓고도 발표할 염치가 있더냐?"

퍽! 퍽! 퍽!

"교수님, 제 말 좀…… 아악!"

도망치는 발소리가 들렸다. 그 뒤를 따르는 꼬장꼬장한 목소리도 들렸다.

"헉헉! 네놈은 제명이다. 어디 가서 우리 대학을 졸업했다는 말을 하다가는 경을 칠 줄 알아라!"

나는 얼른 자리를 떠야 했다.

'일단 일은 성공을 시켰는데, 어떻게 빠져나가지?'

그 생각 하나뿐이었는데, 고맙게도 클라우스가 마지막을 난장판으로 만들어주었다.

결과적으로는 나도 윈, 시장도 윈. 좋은 결과였지만 시장의 입장으로서는 이용당했다는 느낌이 남을 것이다.

이 감정적 원한은 쉽게 씻어지지 않을 것이다.

'최대한 이곳을 빨리 뜨는 것이 답이네.'

시간이 지나고, 시장도 냉정한 머리로 생각을 해보면 그때는 그렇게 분노하지 않을 것이다.

발걸음을 재빨리 옮기고 있었다.

"성훈, 어딜 그렇게 급히 가는 거야?"

"어, 코펠. 괜찮아요. 다친 데 없어요?"

"응, 괜찮아. 그냥 마피아에게 걸려서 잠시 있었을 뿐이야."

"무섭지 않았어요?"

"뭐, 이제 괜찮아. 생각해 보니 몇 푼 안 되는 돈에 날 죽일 것 같지 않더라고. 우리한테나 큰돈이지, 저치들한테야 푼돈 아니겠어? 다 봤어. 말 잘하던데. 하하."

별다른 이상은 없을 거라 생각했지만 실제로 이렇게 만나니 더 반가웠다.

"얼른 빠져나가요."

"왜? 시장이 열 받아서?"

"크흐흐. 그래요. 그것 때문에요."

"괜찮을 거야. 그 패밀리 쪽에서는 박수치고 좋아하던데, 설마 시장이 뭐라고 하겠어?"

"어쨌거나 얼른 가요."

"나 화장실 좀 다녀올게. 먼저 가 있어."

그가 자동차 열쇠를 건넸다.

'양손이 한 짐인데. 젠장.'

급한 마음에 먼저 내달렸다. 차 빼고 기다리지, 뭐.

코펠의 차에 도착했다.

차에 올라타려는데, 익숙한 목소리가 들렸다.

"어이, 동양인 양반! 어딜 그리 급히 가시나?"

이건 미처 예상을 못 했다.

얼굴이 퉁퉁 부은 클라우스가 내게 다가와 시비를 걸었다.

교수가 어지간히도 화가 났던 모양이다. 얼굴에 지팡이 모양의 멍이 몇 개나 들어 있었다.

'허, 참! 독한 놈일세.'

그동안 단련한 로우킥을 쓸 일이 있으려나 하며 다가서는데, 그의 등 뒤로 세 명의 건달이 나타났다.

클라우스의 웃음은 저것에서 비롯된 것이었나…….

왜 건달이라고 부르느냐? 일전에 봤던 마피아들과는 격이 달랐으니까.

이제 막 20대 초반의 멋모르는 놈들이 분명했다. 살인을 계급장으로 아는 쓰레기들.

'오히려 이런 놈들이 더 무섭지.'

정도를 모르는 아이들이 더 잔인하다.

개미 다리가 뜯어지면 '죽는다. 혹은 아프다'라는 것을 모르기 때문이다.

긴장하지 않은 척 차 뒷좌석으로 작품들을 집어넣었다. 그리고 주변을 둘러보며 뒤돌아섰다.

"왜? 날 왜 부르는 거지?"

아직 사람이 많았다. 아무리 건달들이라도 이렇게 사람이 많으면 함부로 총을 쓸 수 없다.

그때였다.

"촌 동네 꼬마들, 여기서 뭐 하냐?"

차분한 듯 익숙한 목소리가 나를 구했다.

그저께 우리에게 경고를 하러 왔던 자였다. 여전히 검정 양복에 흰 셔츠를 입고 있었다.

물론 그 뒤로는 덩치 삼인방이 따라오고 있었고.

그리고 약속이나 한 듯 코펠은 화장실에서 돌아왔다.

'그냥 버스 타고 갈 것이지!'

분위기 파악을 못한 코펠은 손을 닦으면서 차까지 다 와서는 이 대치 상황을 깨달았다.

"엇!"

나는 슬슬 뒤로 물러났다.

이 두 패거리의 기 싸움에 끼어봐야 좋을 것이 없었다.

이 적대적 조직원들은 나는 안중에도 없고, 서로를 잡아먹을 듯이 노려보고 있었다.

아! 물론 건달들의 시선이다. 마피아는 가소롭다는 듯이 웃고 있었다.

"카포! 우리는 저 동양인을 데려가야 하오."

카포라 불린 그 젊은 마피아.

명칭을 들어보니 행동대장 혹은 조직의 소두목인 것 같았다.

그날 밤에는 기세에 눌려서 제대로 몰랐지만 지금 보니 겨우 25살이 좀 넘었을까? 나와 비슷한 또래였다.

건달들을 상대도 하지 않고 등을 보인 채 코펠에게 물었다.

"코펠, 이번 설계의 책임자가 당신이오?"

지목당한 코펠이 떨떠름한 표정을 지었다.

내가 나섰다. 애초부터 나설 생각이었다. 내가 시작한 일이었으니까.

"아니, 나요."

그의 눈동자가 나를 향했다.

"당신이? 당신은 관계자였잖아."

"그는 포기했고, 내가 이어받았거든."

이런 상황을 예측하지 못했던지 입꼬리를 말아 올렸다.

"따라오시오. 당신을 만나고 싶어 하는 분이 계시오."

"카포, 이런 식으로 우리를 무시할 거요?"

이빨을 악 물고 카포에게 들이대는 우두머리를 부하들이 말렸다.

"대장. 그 '허니'라구요. 들이대다가 쥐도 새도 모르게……."

"알아! 안다구. 하지만 이대로 물러나 봐. 어떻게 될지."

"아무리 덤벼 봐야 안 된다고요. 알잖아요."

등 뒤로 들리는 소리에 카포는 살짝 빈정이 상했다.

물러나지도 나서지도 못하는 그들에게로 돌아섰다.

"대부께서 직접 내리신 명이다. 꺼져라."

건달 우두머리는 믿을 수 없다는 표정이었다.

"정말이오? 당신 대부께서 한낱 동양인을 만나려 하신다고?"

"흥. 이 내가! 너 따위를 상대로 거짓말이나 할 급으로 보이나?!"

우두머리는 아무런 대꾸도 못 하고 눈만 부라릴 뿐이었다.

짜증이 난 카포가 일침을 가했다.

"정중히 데려오라는 명이 아니었다면 이대로 가지 않을 거라는 걸 알 텐데."

카포 뒤의 삼인방이 나섰다.

"도련님, 먼저 가시죠."

"네, 저희가 처리하고 바로 뒤따르겠습니다."

우두머리가 먼저 한발 물러섰다.

"잠깐! 오늘은 이만 물러가지. 아테네 대부의 명이라니 양보하는 거야. 돌아가자!"

"흥. 명예와 은혜를 모르는 비천한 것들! 근본 없는 것들이나 어깨에 힘을 주는 법이지."

"도련님, 가시죠."

"아니, 자네 셋은 저놈들 잡아와. 한 놈도 남김없이."

"예? 예. 알겠습니다."

"잡아만 놓을까요?"

"적절히 대화를 나눠 봐. 아테네 건을 다 불 때까지. 그리고……."

"네."

"클라우스라는 비열한 놈은 심도 깊게 대화를 나눠. 교수 말을 들어보니 파르테논을 쓰레기로 만들었다더군."

그들이 떠나고 카포가 말했다.

"가지."

기다리던 것이 왔다.

"성훈……."

걱정하는 코펠을 뒤로한 채 걱정 말라는 말을 남기고 그의 뒤를 따라나섰다.

똑같은 사람이다. 죽일 거면 끌고 가서 죽이지 정중하게 모셔가지 않는다.

결코, 그의 행동이 정중하다 할 수는 없었지만.

13장
그리스 여행,
그리고 한국으로

　롤스로이스의 뒷좌석에 그와 나란히 앉았다.

　의외였다. 그는 부하들과 있을 때 보이던 근엄함과 달리 말이 많았다. 궁금증이 많은 25살 청년이었다.

　"장난을 좀 쳤더군."

　한참을 말이 없다가 처음으로 꺼낸 말이 그거였다.

　"장난은 당신들이 먼저 쳤지."

　"당신과 우리 패밀리를 같은 레벨로 놓는 건가?"

　"천만에! 내가 당신이 정한 선을 어긴 적이 있나? 아니면 당신들 일에 방해가 되었나?"

　당차게 말하는 나를 보며 그의 입꼬리가 다시 올라갔다.

　잘생긴 얼굴에 보조개가 파인다.

"그건 아니오."

"시장이 그쪽 사람이라던데, 지지율과 돈을 바란 것이 아니었나?"

"그렇다고 볼 수 있지"

"그럼. 지지율 부분에서는 불편함을 끼친 게 없을 거고, 백만 달러가 문제인가?"

"훗. 그깟 푼돈은 중요하지 않소."

코웃음 치는 그에게 물었다.

"그럼 내가 친 장난으로 문제될 게 있나?"

"그래! 나도 그게 이해가 안 돼. 뭔가 장난친 건 아는데, 손해 본 게 없어."

"그것 때문에 체면이 손상되었나?"

"아니, 오히려 시장이 낙선되는 것이 더 큰 치욕이오."

그에게 웃음을 던졌다. 당연한 거다. 이들과 부딪히지 않으려고, 시민들을 끌어들이는 무리수를 감행했던 거다.

그가 말을 이었다.

"오히려 이득을 봤지. 그것도 많이. 아테네건설이 공사를 따서 일자리를 아무리 늘린다고 해도, 아까 봤던 그런 호응은 불가능했거든. 상식적으로."

"우리 설계안을 선택하는 순간, 지지율은 하늘을 찌를 거야. 그렇게 설계가 된 거야."

"그렇겠지. 반대로 선택하지 않으면 재기가 불가능할 거고. 그걸 노린 거 아니오?"

정확한 지적이었다.

선택의 여지는 두되 시장이 그것 말고는 선택할 수 없는 판!

그건 내가 설계 변경이라는 이름으로 만들어낸 나만의 판이었다.

"당신 같은 동양인이 나대면, 건방지다고 싫어할 사람이 있을 거라 생각지 않소?"

"건방지다고 생각했나? 당신은?"

"내가 왜? 당신은 당신만의 방식으로 승부했잖소. 훗. 어쭙잖게 총이나 주먹으로 덤볐다면…… 흐흐흐."

"나는 그러지 않았지."

"그러니까 말이오. 물론 패밀리에게 해가 되었다면 이야기가 다르겠지만."

"선택은 시장이 하는 거지. 난 아무 잘못이 없어."

"결과에 대한 책임은 시장에게 있다. 발을 빼는 거요?"

"시장의 잘못된 선택에 대한 책임까지 나에게 있는 건가? 내 일은 거기까지였어."

기껏 파이를 거기까지 키워놨는데, 먹지 못하면 그 사람 잘못이지 내 잘못은 아니다.

그 이상을 요구하면 몰염치한 인간이다.

"어떻게 그렇게까지 분위기를 만들 수 있었던 거요?"

"운이 좋았지."

이곳이 그리스이고, 민주주의의 발상지이기에 운 좋게 만들 수 있었다. 다른 곳이었다면 불가능했다.

"그 운을 당신 쪽으로 끌어가는 과정은 더더욱 예술이었고. 이건 뭐. 인정하지 않을 수 없게 만드는군. 홋."

"뭐, 그것도 운이지."

"동쪽 귀퉁이에서 온 동양인이, 대단해."

'니네 나라도 귀퉁이거든. 하지만 이 말을 꺼냈다가는……'

일적인 부분만 따지자면 나는 꿇릴 것이 없었다.

마피아는 나로 인해 손해 본 것이 없다. 시장도 손해 본 것은 없다.

건설사는 실력으로 진 것이기에 더 할 말이 없을 것이다.

시민을 끌어들여서 치사하게 이기지 않았냐고 누군가 내게 이렇게 묻는 사람이 있다면, '시민들이 원하는 시청을 만들어주겠다고 했는데, 뭐가 문제지?'라고 답해 주겠다.

단지 하나 찜찜한 건 시장이 대인배이기를 바란다는 것.

저 잘되게 해줬는데, 단지 기분이 상한다고 나를 음해한다면 그건 상당히 곤란한 일이 된다.

지금 가장 내 머리를 아프게 하는 것은 그 부분이었다.

"그래도, 완전히 뒤통수를 맞았어."

그의 의도를 아직은 파악할 수 없었다. 섣부른 판단은 금물이다.

내가 가만히 있자 그가 물었다.

"시민들의 반응을 예측했었소?"

불쾌한 음성은 아니었다.

"예측이라기보다는 유도했다고 해두지."

"하긴! 신문에 뜰 때부터 심상치는 않았소. 아테네 측을 제대로 물 먹였는데…… 하하."

"같은 편이 아니었나?"

"응? 뭐, 하청업체 정도로 생각하시오. 고인 물은 썩는다더니, 그놈들이 딱 그 짝이야."

차는 어느덧 도심을 지나 시외로 향했다.

녀석은 내가 꽤나 맘에 들었던 모양이다.

"나중에 내 집이나 하나 지어주지? 대저택으로 말야."

"하는 거 봐서."

"우리가 두렵지 않소?"

"정중하게 모셔오라고 했다면서."

카포가 말했다.

"예의를 갖추시오. 내가 신이라고 생각하는 분이오."

그리스 마피아 대부와의 첫대면이었다.

문을 열었을 때, 그는 등진 채로 잔에 술을 따르고 있었다.

소리가 들리자 천천히 뒤돌아보았다. 눈짓으로 소파를 가리켰다.

카포가 나를 소파로 안내했다. 그리고 그에게 경외의 눈빛을 보내며 뒷걸음질로 물러나 문 앞에 섰다.

단 한 마디의 말도 없었다.

두 잔의 술을 따르고는 내가 앉아 있는 소파로 다가와서는 당연하다는 듯이 상석에 앉았다.

세상이 무너져도 저렇게 느긋하게 움직일 사람으로 보였다.

근엄함, 여유, 카리스마.

마피아를 미화하고 싶은 생각은 눈곱만큼도 없지만 이 세 단어만으로 그를 정의할 수 있었다.

앞의 놓인 두 개의 잔 중에서 하나를 내 쪽으로 스윽 밀었다.

"우조라는 술이다."

다른 설명도 술을 건네면서 예의상 하는 인사도 없었다.

나도 말없이 앉아 있었다. 사실은 긴장한 상태였다.

술잔만 바라보고 있는데, 그의 시선이 느껴졌다.

한쪽 다리를 꼬고 소파에 등을 맡긴 채 조용히 턱을 치켜들고 나를 바라보는 중이었다.

내리 보는 모양이니 기분 나쁠 만도 한데, 그게 어울렸다.

나도 대부를 마주 봤다. 무표정하게 우리 둘은 서로를 지긋이 바라보고 있었다.

구릿빛으로 그을린 얼굴에 올백으로 빗어 넘긴 반백의 머리칼, 살짝 주걱턱에 눈가의 주름. 검은 양복을 입고 있었는데, 그건 그를 위해 태어난 것 같았다.

어색했다. 그런 사람과 눈을 마주친다는 것은! 그래서 웃었다.

입을 꾹 다문 채 양쪽 입꼬리만 살짝 올렸다. 그 상황에서 내가 할 수 있었던 최선의 감정 표현이었다. 그의 묵직한 카리스마에 내내 눌려 있었던 것이다.

그의 한쪽 입꼬리가 올라가며 피식 웃었다. 처음 내보인 그의 감정.

"마시게."

"고맙습니다."

이곳에 오고 나면 엄청나게 긴장할 줄 알았는데 생각 외로 마음이 편했다.

상대가 무엇을 생각하고 있는 것인지 대충 예상이 되는 탓인지, 아니면 다시 살게 된 이후 내 안의 뭔가가 바뀌어 버린 것인지, 어느 쪽인지는 알 수 없었다.

향이 굉장히 깊었다.

'하마터면 우스운 꼴을 보일 뻔했네.'

대부는 이런 나를 지긋한 눈으로 감상하고 있었다.

아무 말도 없었지만 침잠한 그의 눈이 속을 꿰뚫어 보는 느낌이랄까.

"한국인이라고."

"네."

무엇을 물어볼 것인가? 내가 쓴 꼼수가 들통난 것인가? 머릿속으로 생각들이 날아다녔다.

그도 술잔을 들어 반쯤 들이켰다. 그리고…….

"흡! 하~!"

그가 입술을 핥으며 잔을 내려놓았다. 다시 등을 소파로 묻었다.

"돌아갈 텐가?"

"네, 그래야죠. 결과가 나오는 대로요."

"이미 결과는 나오지 않았나?"

"도장이 찍힐 때까진 기다려야 하지 않겠습니까?"

그가 조용히 고개를 끄덕였다.

잠시 후, 다시 물었다.

"연설을 꽤 잘했다고?"

"그리스인이라면 누구나 아는 사실을 말했을 뿐입니다."

"아고라를 언급했다더군."

"그리스인들의 자부심이죠. 문화의 요람이 아닙니까?"

"민주주의라."

"그리스하면 제일 먼저 떠오릅니다. 너무 흔하면 깨닫지 못하죠."

"공기처럼 말이지?"

"그렇습니다."

잠시 침묵이 흐르고, 그가 독백하듯 읊조렸다.

"그리스인들은 은혜를 잊지 않지."

"……."

어떤 의도로 말하는 것일까?

"그리고 명예를 다치는 것을 끔찍이 싫어하지."

"……."

나는 그의 말에는 아무런 대꾸도 할 수 없었다.

문 앞에 시립하고 있던 카포가 다가왔다.

"대부님, 시장이 왔습니다."

대부는 가볍게 눈짓하는 것으로 지시했다. 남들의 위에서 군림하는 게 너무도 당연한 자의 모습이라고나 할까?

잠시 후, 시장이 대부의 옆에 섰다.

시장에게는 눈길도 주지 않고 말했다.

"이 젊은이가 원하는 대로 해."

"대부님, 이 녀석은 20만 달……."

소파에 늘어뜨린 팔을 반쯤 들어 올리자 시장이 말을 급히 멈췄다.

"네…… 은인이다. 예의를 갖춰라."

"네, 대부님."

큰 숨을 들이쉬고, 나에게 정중한 인사를 건넸다.

"고맙소. 이 은혜는 잊지 않겠소."

"한 번의 기회를 더 주겠다. 이번에는 패밀리들에게 날 부끄럽게 만들지 마라."

"네, 보스."

대부가 잔의 남은 우조를 들이켰다.

"잘 가게. 젊은이."

더 할 말이 없는 듯 그는 소파에 등을 기댔다.

일어나서 그에게 허리를 굽혀 인사를 했다.

그는 흐릿하게 웃으며 손을 휘휘 젓고는 생각에 잠겼다.

세상만사가 귀찮은 지배자의 모습이라고 할까.

"아쉽네, 성훈."

코펠이 바쁜 와중에 악수를 청했다.

그는 이제부터 진짜로 바빠진다. 디자인만으로 공사가 끝난다면 건축가는 아무나 할 수 있을 것이다.

"뭘요. 저도 이번에 얻은 게 많았어요. 이번 시청 건 멋지게 만들어 보세요."

나는 추가 비용으로 20만 달러를 요구했었다.

협상 후에 반으로 에누리하더라도, 10만 달러는 챙길 생각이었다.

'그걸 다 주다니. 역시 대부는 대부야.'

"그래도 아테네에 보여줄 게 많은데, 이렇게 급히 가게 되서 말야."

"어쩔 수 없죠. 테살로니카파에서 절 잡으려고 눈에 불을 켜고 덤빌 텐데요."

"카포가 곧 정리될 거라고 했으니까. 그때 되면 연락할게. 꼭 와! 아고라 지어진 것도 봐야지."

시청 이름이 그냥 '아고라'가 되었다.

어지간히 시민들의 마음에 들었던 모양이다. 하긴 그렇게 열정적으로 외쳐 댔으니.

"비밀 지키시는 거 알죠? 약속하셨습니다."

그의 사무실을 나왔다.

현관을 나서는데, 내 앞에 7m짜리 리무진이 스르륵 멈춘다. 뭔가 싶어 보는데, 카포가 창문을 열고 말한다.

"타라."

리무진에 올라탔다.

"대부님 전언이다."

"뭔데?"

"아테네가 안정되면 한번 놀러 오라신다."

"그래, 알았어."

"언제쯤이지?"

"나중에!"

"그렇게 전해드리지."

"그래!"

카포, 이놈도 한국인의 '나중에'가 무슨 의미인지 모르는 듯하다.

나는 그리스에서 하나의 트라우마를 극복했다고 믿는다.

전생의 나는 을이었다. 아니, 을도 못 되는 병, 정이었다.

잘못된 것을 뻔히 알면서도, 나는 고개를 숙였었다.

힘이 곧 정의고 돈은 선이며, 권력은 그 위에 존재했다.

고개 숙이는 것만이 내가 생존할 수 있는 방법이라고 믿으며 살았었다.

지금의 나는 변했다.

갑에게 고개를 숙이게 할 수는 없지만, 적어도 억울하게 고개를 숙이지 않을 방법을 모색한다.

그 틈을 찾는 것, 고개를 숙이고 있을 때는 보이지 않았지만 고개를 드니 기회가 보였다.

죽음이 두렵지 않냐고?

그게 두렵지 않은 사람은 없다. 나 또한 마찬가지다.

하지만 그 하나를 위해 다른 모든 것을 포기하는 것 또한 두렵다.

기왕 살게 된 거라면! 이미 죽어 본 나라면!

두 번째 죽음을 맞이할 때는 후회를 남기고 싶지 않다.

어느 날 갑자기 다가올 죽음의 순간에.

절대로. 나 스스로에게 '병신!'이라는 말을 하고 싶지 않다.

두 번 다시는!

그렇게 나는 그리스를 떠났다.

유럽의 여름은 순식간에 지나갔다.

안토니오 가우디의 '파밀리아 성당'과 '구엘공원', 르 꼬르뷔제의 '롱샹 교회', 그 외의 수많은 건축가가 남긴 것들. 고대에서 현대에 이르기까지 건축사에 한 획을 그은 사람들의 흔적을 보고 느꼈다.

시간이 많았다면 더 머물고 싶었다.

방학이 끝났고 나는 한국으로 돌아왔다.

한 교수가 두 팔 벌려 반겼다.

"오, 성훈이 얼굴이 까매졌는걸!"

"여기요. 교수님! 이것저것 사다 보니 한 짐이네요."

한 교수와 선영에게 선물 보따리를 들이 밀었다.

"그래, 성훈아, 유럽 여행은 어땠어?"

"이것저것 볼 게 많아서요. 감상하고 그림 그리느라 정신이 없었죠. 뭐."

배낭을 벗고 자리에 앉았다.

"선배! 교수님이 선배를 얼마나 기다렸는지 알아요?"

"날 왜?"

"현재 기숙사 골조 공사가 다 끝났거든요."

"그런데 그게 왜? 나하고 무슨 상관인데?"

한 교수가 말을 이어받았다.

"네가 독일인들한테 무슨 말을 했는지 몰라도, 걔들이 너 찾고 난리가 났었다."

"그래서 저보고 거기 가서 공사하라고요? 에이…… 말도 안 돼요. 학교는 어떡하고요?"

"그러게. 그렇게 사고를 쳐놓으래? 수업 없는 시간에 가서 좀 봐 줘. 기획실장도 너 오기만 목 빠지게 기다리고 있으니까."

이게 한 교수가 독일을 떠나기 전에 한 말의 의미인가? 할 일 많으니 얼른 돌아오라고 했던 거!

"어떻게 교수님은 공부를 안 시키고, 밖으로 내돌릴 생각을……."

"좋지 뭐. 현재랑 친해지면 취직 걱정은 없겠네. 요즘 같은 시대에."

'아이구, 머리야.'

인상을 빡 쓰면서 물었다.

"언제부터예요?"

"어, 나 교수 회의네. 먼저 간다."

한 교수는 부리나케 밖으로 나갔다.

선영에게 물었다.

"교수님, 왜 저러셔? 언제부턴데?"

선영이 말했다.

"내일부터요."

문을 향해 고함을 질렀다.

"교수님!"

14장
독일인 필립

　오전에는 설계 수업이 있었다.

　첫 수업이니 방학을 잘 보냈냐는 인사와 다음 시간에 해 와야 할 설계에 대한 설명으로 수업 시간이 채워졌다.

　수업이 끝나고 교수실로 돌아왔다.

　"교수님, 어제는 사무실도 안 들르시고, 바로 회식 자리로 가셨습니다."

　"너 바로 안 갔었냐?"

　"이제나 오시나 저제나 오시나 기다리고 있었습니다."

　"난 피곤해서 간 줄 알았지. 미안하다. 그래도 학과장이 부르는데 안 가고 배기냐? 크흠."

　어제 교수를 기다리다가 바로 회식 갔다는 선영의 말을 들고 얼마나 허탈했던가?

딴 곳을 쳐다보는 한 교수가 그렇게 얄미울 줄이야.

"교수님, 독일인들이 절 왜 만나자고 하는 건데요?"

"모르지. 너만 찾는데 내가 어떻게 아니?"

"가보면 알겠죠. 차 좀 빌려주세요."

'지은 죄가 있어 싫다고는 못할걸!'

한 교수가 잠시 망설이더니 키를 내밀었다.

"성훈아, 곱게 몰아야 돼. 뽑은 지 아직 한 달도 안 됐다."

열쇠를 내미는 한 교수의 손이 바르르 떨렸다.

"걱정 마세요. 하루 이틀 운전한 것도 아니고."

"그때 그 똥차랑 다르다고, 임마!"

한 교수의 걱정을 뒤로하고 교수실을 빠져나왔다.

"오우, 잘 나가는데!"

기분 좋게 가고 있는데, 전화가 왔다. 모르는 번호였다.

이어폰으로 전화를 받았다.

"여보세요?"

─김성훈 씨지요잉?

걸쭉한 전라도 사투리였다.

'누구지? 전라도 사람은 아는 사람이 없는데.'

"네, 맞습니다. 그런데 뉘신지?"

―현재 기숙사 공사과장이지라.

"과장님께서 어쩐 일로?"

―한 교수님께 전화를 드렸더니, 필립 씨를 만나러 간다는 말씀을 들었구만유.

"네, 그런데 무슨?"

―오시는 길이시믄, 잠시 저 좀 만나고 가실 수 있으실랑가요?

아직은 시간이 있었다. 필립을 만나려면 퇴근 시간이 되어야 할 것이고, 그 전에 미리 현장을 둘러보려던 참이었다.

"네, 그러시죠. 아직은 시간이 좀 있네요. 어디서 뵐까요?"

전하동 앞쪽의 번화가였다.

길가에 차를 대고 두리번거리고 있는데, 다시 전화가 왔다.

"네, 여보세요."

말을 걸자마자 뒤에서 날 부르는 소리가 들렸다.

"성훈 씨, 여기요. 여기!"

날 어떻게 알고? 차를 대자마자 알아보는 걸까?

뒤돌아보니 키 170의 유들유들하게 생긴 사내가 날 보며 손짓하고 있었다.

이미 한잔을 걸친 것인지, 얼굴이 약간 붉어져 있었다. 옷는 얼굴이 참 친근감 있게 생겼다.

호프집으로 들어갔다.

"어기 마담맹쿠로 이쁘장한 500 하나 더 주쇼잉!"

주방에서 여사장의 말소리가 나왔다.

"아따, 어째 과장님은 말씀을 그렇게 하신대. 마담이 뭐다요. 마담이."

말은 그렇게 했지만 싫지 않은 듯했다.

"거거 동네서는 이쁜 사람보고 마담이라 한다 안 하요. 동향끼리 챙겨야제."

걸쭉한 입담의 둘을 보고 있자니 웃음이 나왔다.

"아뇨, 전 운전을 해야 해서요. 다음에 마시죠."

"아이구, 내가 정신머리 좀 보랑께요. 그럼 내가 마시믄 되지라."

가지고 온 생맥주잔을 아무렇게 않게 제 앞을 잡아 당겼다.

말투는 걸쭉하고 간사한데, 밉지는 않은 사람이었다. 이제한 서른다섯 정도 되었을까?

저 정도 입담이면 어디 가서 엄한 행동만 하지 않으면 미움 받을 사람은 아니리라.

"그런데 절 왜 보자고 하신 겁니까?"

"아따 거시기, 필립인가 하는 독일 사람을 만나러 간다는 야그를 듣고, 내 할 말이 있어서 이리 모셨지라.”

꼬박꼬박 어린 나에게 높임말을 쓴다.

“그냥 말씀 낮추시지요. 나이도 있으신 거 같은데.”

한동안 이 몸으로 살아서 그런지, 이제는 나이에 대한 위화감이 많이 사라진 모양이다. 얼마 전만 해도 적응이 안 되어 힘들었었는데.

“그럴 수는 없지라. 감리단장님 제자신디. 잘못 보였다가는 지는 끽!”

우스꽝스러운 표정으로 자기 목 치는 시늉을 한다.

사실 그럴 일이야 없다. 그만큼 친해지고 싶다는 것이리라.

감리라는 게 그렇게 힘있는 자리도 아니었다.

난 그저 한 교수 대리로 가는 것이었고, 마땅한 직책도 없었다.

“에이, 무슨 말씀을 그렇게 하십니까? 제가 더 올 일도 없을 것 같은데?”

“그라요? 지가 듣기로는 아니던디?”

그의 눈이 동그레진다.

‘으! 한 교수. 또 무슨 말을 한 것이냐?’

“교수님은 학회 때문에 바쁘시다고, 앞으로는 거시기 성훈 씨가 허벌나게 드나들 거라 그라시든디요?”

"하하하, 그래요?"

얼굴은 웃고 있었지만, 밖에 주차한 한 교수의 애마를 발로 한 방 차버리고 싶었다.

'이 사람이 허락도 없이 어딜 취직시켜?'

건설의 경험을 쌓기는 참 좋다.

감리라는 것이 현장의 진행 상황을 감독하는 것이니 말이다.

감리는 현장관리와는 다르다.

현장관리는 현장의 흐름을 지배해야 한다.

하나의 공정이 끝나면 다음의 공정이 바로 따라오기 때문에 정확한 타이밍을 재고 바로 후속 공정을 투입해야 한다.

그 타이밍이란 인력의 수급과 자재의 투입을 말한다. 둘 중 하나라도 미비함이 있다면 공사의 지연으로 이어진다.

거기에서 타이밍을 놓치면 공기가 느슨하게 진행되어 버리기 때문에 시간의 손실이 크다. 공기 지연이란 바로 이득의 손실로 직결된다.

현장관리는 현장의 꽃과 같다. 그리고 가장 바쁘다.

워커에 땀이 마를 날이 없이 뛰어다니는 자들이 그들이다.

반면 감리는 흐름을 감독한다.

현장이 도면대로 진행되는지 감독하고, 문제가 발생했을 때 약간의 조언을 해주는 정도다.

그러나 이게 보통이고, 어떤 사람이 감리를 맡느냐에 따라서 현장의 흐름이 바뀌기도 한다.

그리고 대부분의 현장 사람들은 감리를 좋아하지 않는다. 자신들의 일에 제동을 걸 권한이 있기 때문이다.

어쨌거나 지금 나는 감리로 취직이 된 모양이다. 나 참!

자꾸 이 사람 말을 듣고 있으면 얘기가 딴 데로 샌다.

"어쨌거나. 만나 뵙자고 한 용건이."

"그 필립이라는 사람 만나시믄 말이요. 한 귀로 듣고 한 귀로 흘리시라고요. 괜히 말 듣고 있다가는 문제가 생긴당께요."

'왜 이 사람은 이런 말을 하는 걸까?'

"우덜은 아무 잘못이 없당께요."

"무슨 말인지 알아듣도록 말씀을……."

"우덜이 설계 기준에 딱 맞도록 시공을 하고 있는데, 거시기 다른 자재를 써달라고 한다지 뭐요."

"무슨 자재를 써달라고 했는데요?"

"뭐, 독일산 뭐라고 했는디, 까묵어 버렸네 그랴."

자기 머리를 툭툭 치고는 바로 제 할 말을 이어 붙인다.

"하여간 우덜은 기준대로 하고 있응께. 안 된다고 말씀해 주시랑께요."

기준에 까다로운 독일인이 기준에 어긋나는 행동을 한다?

"뭐 일단 만나보고 얘기하죠."

"에이, 얘기하고 말고가 어디 있소. 우덜이 잘못한 게 없는디."

안주를 덥석 주워 먹고, 빈 잔을 흔들었다.

"마담, 여그 한 잔 더 주시오잉."

"다른 문제는 없구요? 그 필립 씨가 원하는 거요? 아니면 다른 독일인들이라도."

"그 말고 뭐라뭐라 해싸긴 했는디, 별거는 없었슈. 딴 독일인들이야 그 양반이 꽉 쥐고 있응께."

"그럼, 저 먼저 일어나겠습니다. 필립 씨를 만나 봐야죠."

"아이구, 벌써 일어나실라구. 하여간 이거는 확실해유. 우덜은 설계도에 나온 대로 시공해요. 환경기준에도 딱딱 맞고말요. 아무런 문제가 없는데, 그걸 자기 맘대로 바꾼다는 게 말이 된다요? 독일 사람이라고 유세하는 거여. 뭐여!"

"그럼 가보겠습니다."

필립과의 약속 시간이 얼마 남지 않았다. 자리에서 나왔다.

등 뒤로 마담과 과장의 대화가 들렸다.

"오늘은 또 얼마나 마시고 가실라고.!"

"마담, 오늘은 손님 만난다고 법인카드를 들고 나왔당께.

이걸로 샥!"

필립의 집이다.

여기서 평생을 살 것도 아니니 만세대 중의 한 곳에 자리를 잡은 모양이다.

기숙사가 완전히 지어지면 그곳으로 옮겨가게 될 것이다.

"누구시오?"

무뚝뚝한 억양의 목소리가 들렸다.

"김성훈입니다. 필립."

"오, 성훈! 베를린에 갔다 왔다면서. 한 교수에게 들었어. 들어와!"

한동안 기숙사 설계를 할 때, 이들과 교류가 있었다.

요구사항이 한두 개라야 한두 번 만나고 끝이 나지.

오랜만에 보는 얼굴이었다. 허연 백발의 고집 센 독일인.

"석 달 만인가요?"

"얼굴이 많이 그슬렸는걸. 들어오게나."

들어서자마자 코를 자극하는 은은한 향기.

신발을 벗고 방을 둘러보았다.

원래 이런 구조와 형식일지도 모르지만, 내 생각에는 전면

적으로 개조를 한 것 같았다. 좀 사는 사람의 집이라도 벽지로 마감을 하지, 이런 고급 수종으로 할 이유가 없었기 때문이다.

벽, 천장, 바닥 할 것 없이 모두 나무로 마감이 되어 있었다. 보통 이 시절, 물론 만세대는 훨씬 더 이전에 지어졌으니 아마도 바닥은 장판이고, 벽은 벽지였을 것이다.

'참 독특한 취향이구나. 잠시 머물 집에다가 이런 인테리어를 하다니.'

나는 그의 저녁 식사에 초대를 받았다.

그의 부인이 식사 준비를 하고 있었다. 그의 나이처럼 부인도 꽤나 나이가 있어 보였다. 50대 초반?

정중하게 허리 숙여 인사를 건넸다.

"안녕하세요, 부인."

"안녕하세요. 그이한테 이야기 많이 들었어요. 역시 독일어가 능숙하시네요."

그녀도 쾌활하게 인사를 건넸다.

"흐흐, 독일에 내가 없으니 외롭다나 그러면서 온 지 꽤 됐어."

"금슬이 좋으십니다. 부럽습니다."

"뭐 우리야. 걱정이 있나? 들게나."

감사인사를 하며 식탁에 앉았다.

'채식주의자들인가?'

토끼들이나 좋아할 만한 반찬이었다. 데친 양배추, 미역, 김, 시금치 등등의 채식 식단. 그리고 딱히 양념이 되어 있지도 않았다.

'원재료 맛을 중시하는가 보군.'

어차피 맛있는 음식을 먹으러 온 것은 아니었다.

화기애애한 분위기에서 이야기를 나눴다.

독일에서 있었던 이야기, 경제 이야기, 필립이 현재에서 하고 있는 일들. 그는 지극히 양심적이고 도덕적인 사람이었다.

'말도 안 되는 것으로 억지를 부릴 사람이 아닌데.'

그것이 의아했다.

왜 그는 시공사 측에다가, 그리고 현재 측에다가 그런 요구를 했을까?

시공사에서 말도 안 된다는 이야기를 할 때는 그만큼 문제가 없다는 말이고, 필립의 잘못이라는 말이었다.

그러나 내가 알고 있는 필립은 그런 무례한 사람이 아니었다. 이처럼 지극히 이성적인 남자가 아무런 이유 없이 말도 안 되는 요구를 할 리가 없었다.

그러나 왜 그랬냐고 묻기가 껄끄러웠다.

뭔가 일 이야기를 해야 하는데, 어떻게 서두를 꺼내야 할지 망설여졌다.

'사실 설계 초기 단계에서 신세를 지기도 했었고.'

필립이 나서서 의견 조율을 해주지 않았다면, 서른 명이나 되는 사람들의 의견을 내가 무슨 수로 통일을 했겠는가?

그나마 필립의 배려와 양보가 있었기에 가능한 일이었다.

그는 현재에 있는 독일인들의 정신적 우두머리였다.

이야기 거리를 찾으며, 거실을 두리번거리는데, 그림 하나가 눈에 띠었다.

"저 그림, 누가 그린 겁니까?"

'결국은 꺼낸 말이 이런 거냐? 한심한 놈.'

스스로도 한심했다. 어린아이가 그린 게 뻔한데 그런 것을 묻다니!

그런데 항상 진지하던 그의 얼굴이 태양처럼 밝아졌다. 이 무뚝뚝한 독일인도 이렇게 웃을 때가 있구나.

"허허, 내 딸 비키가 그린 그림이야. 잘 그리지 않았나?"

잘 그리기는, 삐뚤빼뚤해 가지고, 내 딸이 그려도 저 정도는…….

거기서 내 생각은 멈춰 버렸다.

'…….'

내 귀염둥이 예진이는 어디 있을까?

눈에 넣어도 아플 것 같지 않던 그 아이를 다시 만날 수 있을까?

왜 난 한 번도 그 아이를 떠올리지 않았던 걸까?

고작 내게 그 정도였던가? 그렇게 사랑했었는데…….

내 생각의 '일시정지'에도, 필립은 딸 자랑에 여념이 없었다.

"자네도 딸을 낳으면 알게 될 거야. 얼마나 귀여운지 몰라."

"그렇죠. 딸 귀엽죠."

지금 누가 내 얼굴을 본다면, 이렇게 웃고 있는 내 얼굴을 본다면 뭐라고 생각할까?

나는 분명히 웃고 있었다. 그런데 나는 울고 있었다.

코끝은 쓰릴 정도로 찡했고, 눈 아래쪽 눈물샘이 아파왔다. 그리고…… 내 얼굴은 필립을 보며 웃고 있었다.

"흐읍"

크게 숨을 들이 쉬었다. 내가 감정에 빠져 있을 타이밍은 아니었다.

'나는 일을 하러 왔다.'

마음을 다잡으며 필립에게 물었다.

"이제 따님도 나이가 좀 있으시겠는데요?"

부인의 얼굴이 발개졌다.

'왜? 내가 뭘 잘못 말한 건가?'

"허허, 늦도록 아이가 없다가 이 사람 나이 마흔 다섯이 넘어서야 겨우 비키를 만났다네."

"그럼 지금 나이가……."

끼익―

조그마한 여자아이가 눈을 비비며 방에서 나왔다.

품에는 제 덩치만 한 곰 인형을 껴안고 있었다.

예닐곱 살이나 되었을까? 황금색으로 빛나는 머리카락이 어깨 아래로 찰랑거렸다.

설거지를 마친 부인이 꼬마에게 다가가 팔을 벌렸다.

"어머, 비키! 벌써 일어났니? 좀 더 자지."

"콜록. 아냐, 엄마. 다 잤어. 밥……."

꼬마아이는 작은 손으로 입을 막고 기침을 했다. 몸이 많이 약한 것처럼 보였다.

한여름이 지났다고 해도, 아직 감기가 걸릴 기후는 아니었다.

그리고 꼬마는 낯선 손님을 발견했다. 화들짝 놀란 아이가 엄마 뒤로 숨었다. 곰 인형 뒤로 숨어버렸다.

부인이 여자아이에게 말했다.

"비키, 아빠 손님인데, 인사해야지."

비키가 살짝 얼굴을 내밀었다.

"콜록, 안녕하세요."

금발 머리, 순백의 새하얀 피부, 그리고 울긋불긋한 홍조.

필립이 씁쓸한 미소를 지으며 말했다.

"아토피라네."

그의 말 한 마디로 나는 모든 것을 이해할 수 있었다.

내 딸이 말했다, 아니, 내가 물었다.

"예진 공주는 아빠가 좋아?"

"응."

"왜 좋은데?"

"아빠랑 있으면 재밌어. 그래서 목이 가려워도 참을 수 있어."

아토피 때문에 천식이 심했던 예진이는 내 옆에서 자는 것을 좋아했다.

항상⋯⋯.

그날 밤, 나는 내 딸, 예진이를 재워주지 못했다.

"비키가 많이 힘들겠네요."

"많이 나아진 거라네. 이제 여름이 끝나가는 마당이니."

"그렇죠. 여름에는 더 심해지죠. 많이 간지러웠을 텐데."

열을 발산하는 아토피는 여름이 되면 더 간지러워지고, 심한 경우에는 불면증에 걸리기도 한다.

"허, 저래 봬도 잘 참고 있다네. 그나마 이 나무들 덕이지."

"나무라뇨?"

그가 손을 들어 사방을 가리켰다.

필립이 말했다.

"가문비나무라네."

"네?"

"우리 집에 붙어 있는 이것들이, 모두 가문비나무라네."

"아…… 가문비나무요."

가문비나무로 짜여진 천장에, 가문비 마루, 그리고 가문비 벽까지.

필립이 함박웃음을 지으며, 비키를 향해 팔을 벌렸다.

"우리 공주님, 이리 오세요. 허허허."

비키는 웃음을 짓는 필립에게 수줍은 듯 다가가더니 이내 뛰어들 듯이 안겨들었다.

"어이쿠, 쪽!"

꺼끌꺼끌한 수염에도 비키는 싫어하지 않았다. 간지럽다면 도리도리를 칠 뿐이다. 귀엽게 웃으면서.

이내 그 품에 안겨서 다람쥐처럼 몸을 돌돌 말고는 나를 살며시 훔쳐본다.

그녀의 얼굴이 말했다.

'이 사람은 내 아빠야. 여기가 내 자리야.'

'왜 저 얼굴에서 나는 예진이가 떠오르는 걸까.'

갓 태어났을 때의 쪼글한 얼굴과 몸, 그리고 상기된 피부.

조금 더 커서 통통한 팔다리로 바둥거릴 때.

'아장아장, 귀여웠지.'

걸어 다니며 세상의 궁금증 모두를 나에게 물어보았다. 그
리고 첫 번째 소원을 말했었다.

"난 아빠랑 결혼할 거야."

난 대답을 해주었다.

"아빠도 예진이랑 결혼할 거야."

목욕을 시키면서 온몸의 울긋불긋 돋아난 홍조를 보면서
얼마나 마음이 아팠던가!

할 수 있는 것은 다 해 보고, 먹여 보고, 입혀 봤었다.

그 아이의 아토피성 천식이 나로 인해 유전된 거라면 예진
이의 천형은 내 잘못이었다.

나도 아토피였으니까.

1kg에 몇만 원 하는 알로에를 사재기하고, 수십, 수백만
원짜리 원목 가구를 사도 모자랐다.

내 잘못이었으니까!

'지금쯤 비키와 나이가 같아졌겠네.'

내 가슴이 찢어지듯 아려왔다.

필립이 배웅하면서 말했다.

"성훈, 자네는 아직 애가 없어서 내 맘을 모르겠지만."

아니다, 누구보다 그 심정을 이해하고 있었다. 그러나 어떤 말도 할 수 없었다.

"자네가 부모가 되면 이해할 수 있을 거야. 내가 왜 이렇게 고집을 세우는지."

이야기를 몇 마디 더 나누고 헤어졌다.

된다, 안 된다는 확답도 줄 수 없었다.

"확답은 못 드립니다만 최선을 다해 보겠습니다."

내가 아는 지식을 가지고, 백방으로 수소문을 했다.

아토피에 효과가 있다고 하는 방법들을 모두 찾아봤다.

1998년에만 해도 아토피는 그렇게 대중적이지 않은 질병이었다. 아니, 원인과 병명조차도 정확히 밝혀져 있지 않았다.

그 병이 대중적으로 알려지면서, 수많은 '카더라'가 나왔었다.

개중에는 효과가 있는 것들도 있었고, 그저 물건을 팔아먹기 위한 상술도 있었다.

아토피는 원인을 알 수 없는 피부염증이라고 한다.

의사가 내게 말했었다.

"성훈 씨는 아토피니까, 술, 담배 하시지 마세요."

정말 아토피가 확실히 낫는다는 보장이 있다면 끊을 생각
도 있었다. 그래서 의사에게 물었다.

"술, 담배 안 하면 아토피 낫는 겁니까?"

"아뇨, 좀 완화됩니다."

"그럼 증상을 많이 완화시키려면 어떤 걸 하면 됩니까?"

의사가 말했다.

"일단 술, 담배 끊으시고, 밀가루 음식 드시지 마시고, 기
름진 고기 드시지 마세요."

"그거면 됩니까?"

"뜨거운 물에 샤워하지 마시고, 옷은 면으로 된 것만 입으
시고, 먼지 많은 곳에 가지 마세요."

그때, 나는 특판 가구 회사에서 현장관리를 하고 있었다.

한창 젊은 나이, 수입 가구로 옮기기 전의 일이었다.

그래도 혹시나 해서 물었다.

"그렇게 하면 나을 수 있습니까?"

"장담은 못합니다. 좀 완화될 겁니다."

의사에게 다시 물었다.

"집에다가 분재 같은 거 키우면 좀 좋아진다던데, 도움이

됩니까?"

"성훈 씨는 집에서 안 나오고 살 수 있습니까?"

그 말을 듣고, 나는 아토피 낫기를 포기했었다. 그냥 그렇게 살기로 했다.

그 순간, 나는 결론을 내렸다.

'아토피는 나을 수 있는 병이 아니다.'

나는 의사가 아니라서 알 수 없고, 설명을 해준다고 해도 알아듣지 못했을 것이다.

정확한 원인은 알 수 없지만, 그 증상만은 뚜렷한 것. 그것을 아토피라고 들었다.

그 뒤로 나는 증상이 심해지기 전에 병원에 가서 주사를 맞았다.

스테로이드 주사.

장점은 확실히 증상을 완화시켜 준다는 것이다. 그래서 지난 삶에서는 몸이 가려워진다 싶으면 병원을 꼭 갔었다. 그것만으로도 내 생활은 아무런 지장이 없었다.

다만 어린 아이에게 그것을 맞히고 싶지 않았을 뿐이다.

며칠 후 필립을 다시 만났다.

그에게 병 하나를 건넸다. 편백나무 수액이 들어 있는 병이었다.

"응? 이건 뭐야. 성훈?"

"편백나무 수액이에요. 비키 목욕할 때 한 방울씩 넣어서 써보세요."

아는 사람이라도 미심쩍을 것이다. 그것도 딸에 관련된 일이라면.

"많이 넣으실 필요는 없고, 한두 방울씩 만요."

"흠……."

무뚝뚝한 표정의 필립이 병을 주머니에 넣었다.

돌아서며 네게 말했다.

"고맙네."

일주일 후.

필립의 전화를 받았다.

─성훈, 저번에 준 그거 수액이라고 했지? 병에 든 그거 말야.

'효과가 있었던 건가?'

사람마다 다 다르지만 조금이라도 효과가 있었으면 하고 기도하는 마음으로 건넸던 거다.

"효과가 있던 가요?"

─응, 아주 많이는 아니지만 조금씩 나아지고 있어. 이름이 뭐라고 했지?

"편백나무 수액이에요."

─오, 그래? 어디서 구하는 건데.

다급한 목소리에서 그의 감정이 전해졌다.

"그 건으로 할 말이 있어요. 좀 만나요."

내 주변의 전라도 출신은 그때 만난 시공사 과장뿐이었다. 그에게 전화를 했다.

"과장님, 저 김성훈입니다. 전라도 장성 잘 아세요?"

─아이고, 거긴 왜요? 내 고향인디?

"편백나무 있는 곳을 좀 가 봤으면 하는데. 장성에 유명하잖아요."

─그라죠. 편백하면 장성. 장성하면 편백이지라.

"그 나무를 구하려고 하는데, 구할 수 있나요?"

─아, 편백나무? 제가 구해드릴 텡게 걱정 마시오.

그는 큰 소리를 뻥뻥 쳐댔다. 다행히 근거는 있었다.

─우리 사춘 형이 쬐만한 산을 갖구 있지라. 거그다가 편백나무를 키운당께요. 한번 갑시다. 맘에 드는 놈으로다 잘라오면 되니께!

"그럼 우리 자재로 쓸 수 있어요?"

-그람요. 그만큼 나무 덜 구입하면 되는 건디. 울 성님헌
티 술 한잔 얻어먹을 껀수가 생겼고만. 크크.

'복잡하게 꼬일 일이 쉽게 해결되었네.'

필립은 부인과 비키를 데리고 나왔다.

저번에 봤을 때보다 한결 더 얼굴이 밝아 보였고, 기침도
덜했다.

내게 쪼르르 뛰어와서 인사를 한다.

"안녕하세요, 성훈!"

그리고 바로 말을 잇는다.

"감사합니다."

그리고 다시 엄마 곁으로 뛰어갔다.

'한번 안아보고 싶었는데.'

"가시죠. 과장님이 안내하실 거예요."

과장의 인솔을 받아 편백나무 숲으로 들어갔다. 끝이 보이
지 않는 숲에 청량한 향만이 가득 차 있었다.

필립이 비키의 손을 잡고 걸었다.

"비키, 어때? 기분이 좋아졌어?"

"응, 아빠. 훨씬 숨 쉬기 좋고, 가려움도 덜해요."

바로 나아지지는 않았을 것이다. 그런 병이 아니니까. 부모의 마음을 이해할 줄 아는 아이였다.

'기특한 아이구나.'

필립에게 말했다.

"저번에 말씀하신 독일의 가문비나무는 구하기 어려워요."

그도 알고는 있었을 것이다, 그는 말없이 고개를 끄덕였다.

"설령 구한다고 해도, 공사가 끝날 때까지 들여온다고는 장담할 수 없어요."

"그렇겠지."

"대신 여기 있는 편백나무로 대신하면 어떨까 해요? 독일산 가문비나무만큼은 못하겠지만."

그가 오솔길에서 엄마와 놀고 있는 비키를 보며 흐뭇한 미소를 지었다.

"아닐세, 됐네. 이걸로 충분하네."

"미안해요. 원했던 걸로 해주지 못해서."

"고맙네. 자네는 최선을 다했고, 나는 만족을 했어. 이거면 됐어."

"이해해 줘서 고마워요. 필립."

"아니, 무슨 말씀을 그렇게 길게 하신대요?"

저 멀리서 사촌형이라는 사람과 얘기하던 과장이 우리를 불렀다.

"지금 수액 뽑는 중이라는디, 한번 보실라우? 볼라믄 언능 오셔."

필립과 이야기를 끝내고 그곳으로 향했다.

말도 통하지 않으면서 언제 데리고 왔는지 부인과 비키는 벌써 와 있었다.

나무에서 방울방울 떨어지는 수액을 보며 신기한지 웃고 있었다.

하얀 얼굴에 파인 보조개. 너무 귀여웠다.

비키를 처음 만나고 왔던 날.

밤새도록 울었다. 나는 전생으로 돌아가는 것을 두려워했었고, 그 인생은 가치가 없다고 생각했었다. 그리고 지금의 생으로 되돌아온 이후, 전생에 대해서 생각했던 적이 없다.

단지 내가 필요한 돈에 관련된 부분. 그리고 미래에의 이득이 될 무언가만 생각했었다.

비키를 만나고 온 날.

다시 생각했었다.

정말 지난 삶에서의 내 인생은 무가치했던가?

전혀 기억할 만한 것은 없었던가?

내 삶은 정말 올바른 것인가?

진정 이것이 내가 원하는 것인가?

아직은 나는 그 답을 찾을 수 없다.

지금은 단지 예진이가 보고 싶을 뿐이다.

15장
현장감리

교수실로 들어갔다.

"집에는 잘 다녀왔냐?"

"네, 그런데 교수님! 저하고 먼저 상의를 하셨어야 하는 거 아닙니까?"

현장에 나가는 문제에 대해서 따져 물었다.

"뭐? 아, 그거. 너도 공동 설계자잖아. 잊었냐?"

'헉, 그게 이렇게 발목을 잡는 용도였던 건가?'

한 교수가 뻔뻔스러운 데는 다 이유가 있었다.

"크……."

또 한 명의 공동 설계자가 더 있었다.

"선영이는요?"

"걔는 다음 해에 유학 갈 거라고 정신없어. 시간 있는 사람이 너밖에 없다. 그리고 지금까지 너 유럽에서 탱자탱자 놀 동안 내가 했으면 너도 하는 게 맞지 않냐?"

눈썹까지 씰룩이며 나를 약 올린다.

'아직 그림도 더 배워야 되는데.'

"교수님, 차 가지고 나가요."

"야! 너도 돈 있잖아. 네 거 사."

"저 돈 없어요."

"마이어가 준 거랑 아테네에서도 20만 달러 벌어왔다면서."

"그거 어머니 빚 갚는데 다 썼어요."

"어머니는 좋아하시디?"

"네…… 끌어안고 우시던데요."

사실은 나도 같이 안고 울었었다. 한 교수에게는 최대한 무덤덤하게 말했다.

어머니는 평생을 아들에게 빚 떠넘기지 않으려고 사셨던 분이다. 나는 그 빚을 진작 갚았어야 했다.

"그래, 얼마나 맘고생이 심하셨겠니. 잘했다. 남은 거 없고?"

"예! 지금 마이너스예요. 교수님, 벌 때까지만 좀 쓸게요. 달리 가실 데라도 있으세요?"

"아니, 이제부터 논문 준비해야 돼서 어디 못 나가."

"그럼 제가 쓸게요. 다녀오겠습니다."

현장에 도착했다.

돌 자르는 그라인더 소리, 뭘 까부시는지 해머로 찍어대는 소리, 함석판 구겨지는 소리까지.

공사판 펜스 때문에 막혀 있던 소리들이 기다렸다는 듯이 나를 덮친다.

'현장. 참 오랜만이네.'

석재를 가득 실은 지게차가 내 앞으로 지나간다.

지잉- 덜컥.

석재 팔레트를 놓고는 다시 빈 포크를 들고, 다음 팔레트를 가지러 간다.

출입구 옆 경비실에서 안전모 하나를 빌려서 현장 사무실로 들어갔다.

"안녕하세요."

현장 사무실에 들르자마자 인사부터 건넸다.

전날에 만났던 전라도 사투리의 과장은 현장을 돌고 있는지 보이지 않았고, 의자에 기대서 한숨 붙이던 소장이 날 슬

그머니 쳐다본다.

"한 교수님 제자입니다. 대신 갔다 오라고 하셔서요."

"한 교수가 누구야?"

소장이 옆에 앉아 있던 직원에게 물었다.

"저번에 그 왜, 기초공사 때 먹선 가지고 난리쳤던 양반요."

"아! 그 깐깐한 감리단장."

소장이 나를 보며 물었다.

"감리단장은 어디 갔어? 안 온대?"

"네, 교수님은 급한 일이 있어서 대신 왔습니다."

"그래? 알았어! 오는 건 뭐라 안 하는데, 저번처럼 괜시리 트집 잡지 말고."

감리가 현장 오는 건 당연한 일인데, 허락해 주는 뉘앙스는 뭐지?

소장은 한 교수에게 불만이 많은 것 같았다.

"안 그렇게 생긴 사람이 말이야. 까탈스러워 가지고. 공기가 얼마나 늦어졌는지 알아? 사람이 적당이라는 게 있어야지. 현장에 대해서 뭘 안다고 떠들어 떠들긴!"

쌓인 감정이 많은 듯 그의 투덜거림이 이어졌다.

'완전 FM대로 한 모양이네. 한 교수 오래 살겠다.'

일일이 대꾸하다가는 하루가 다 간다.

따져 볼까 하다가 못 들은 척하고, 안전모를 쓰고 현장으로 나갔다.

"야! 나 손님 만나러 나간다. 알지?"

"예, 소장님. 오늘도 한잔?"

"손님 만나러 간다니까. 일이야. 일! 문 과장은 어디 갔어?"

"현장 둘러보고 계시겠죠."

"이노무 자식, 누가 전라도 깽깽이 아닐까 봐 그렇게 뽈뽈거리면서 돌아댕기냐?"

"그래도 일은 꼼꼼하게 잘하시잖아요."

"누가 뭐래! 또 법인카드 긁고 오면 모가지 비틀어 놓는다 그래. 알았어. 엉!"

등 뒤로 둘의 대화가 들린다.

'에휴, 지역감정하고는, 쯧. 현장 잘 돌아간다.'

한 교수는 잘못을 하지는 않았다. 도면대로 공사가 진행되는지 감독하는 것이 감리의 할 일이다. 달리 말하면 설계자의 의도대로 되고 있는지를 대신 확인하는 것이다. 한 교수는 직접 설계한 사람이므로 권한이 있다.

우리나라 감리는 힘이 없다. 외국과는 다른 대접을 받는다. 그러나 누구를 탓할 것도 없다. 자승자박(自繩自縛).

국가에서 권리를 주고, 건축주가 권한을 승인했음에도, 대

형 건설회사들의 위세에 짓눌려 할 말을 다 못하는 것이 지금의 감리단들이다. 나중에는 좀 더 나아지겠지만.

전생에 이런 일이 있었다.

나는 일산 G 현장의 가구납품 회사의 시공관리 사원이었다.

수천 세대가 넘는 아파트 건설현장이었고, 제품의 반입과 공사 진행 점검에 정신이 없었다.

더운 여름이었다.

시끌벅적하게 돌아가는 현장이 어느 순간 멈춰 버렸다.

드릴 소리도, 커터기 소리도, 심지어 엘리베이터마저도.

"김 과장님, 이게 무슨 일이에요."

가구 설치를 하던 기술자들이 나를 불렀다.

"잠깐만 기다려 보세요. 알아보고 올게요."

나는 부리나케 현장 사무실로 달려갔다.

내게는 건설현장과 약속한 공기가 있었고, 그것을 맞춰야 하는 의무가 있었다. 그것이 내가 월급을 받는 이유였으니까.

현장 소장을 비롯한 건설사 식구들이 한 사람을 상대로 말싸움을 하고 있었다.

현장에서는 왕이나 다름없는 현장 소장도 그 사람을 상대로는 이기지 못했다.

바로 감리였다.

"두꺼비집을 왜 내렸냐고. 올리라고!"

"손만 대 보세요."

그는 두꺼비집을 가로막지도 않았지만 어느 경계에 부딪힌 듯 다가가지 못했다.

내가 도착했을 때는 이미 10여 분이 지난 뒤였다.

'이게 뭐지!'

의아한 눈으로 그들의 신경전을 지켜봤다. 그때의 나는 서른 중반이었다. 상황을 정확히 모르는 내 눈에는 그 감리가 미친놈으로 보였다.

현장 소장은 무소불위의 권력자다. 대기업의 부장 혹은 이사급이다.

한 개의 현장을 진행하면 터 파기부터 완공까지 짧게는 2년에서 길게는 3년 이상이 걸린다.

봄, 여름, 가을, 겨울, 사시사철 하청업체들이 공손히 떡값을 상납한다.

그런 위치가 되어 본 적이 없지만, 그 자리에 일 년 있으면 서울에 집 한 채 산다는 것은 안다.

다음 현장의 공사도 공사려니와 월말 기성의 최종 결재권자가 소장이다.

맘에 들지 않는 하청업체에 대해서는 한마디만 하면 된다.

"OO마루, 일도 제대로 못하는 것들이, 기성은 왜 이렇게 받아가?"

그 이후의 일은 능히 짐작할 수 있다.

소장은 지휘관이며, 현장을 좌우할 수 있는 독재자였다.

그를 거스르고 현장에 남아 있을 수 있는 사람은 아무도 없다. 내가 알기로는 그랬다.

그 소장이 언성을 높였다.

"아, 이 사람아, 누가 뭐래. 두꺼비집을 왜 내렸냐고?"

화가 난 소장 이하 과장들이 목소리를 높였다.

"제가 안전모 쓰고 다니랬어요? 안 그랬어요?"

"쓰고 다니라고 했지!"

"그런데 이게 뭐예요? 다들 안 쓰고 다니잖아요."

그 감리는 내 또래였다.

"그래도 이 사람아, 두꺼비집을 내리면 어떡하나. 공사는 어떡하라고."

"공사가 중요해요? 이러다가 낙석 떨어져서 사람 다치면 전부 제 책임인데. 전 이런 현장 못 돌려요."

젊은 친구 하나가 엄포를 놓는데, 현장 전체가 얼어붙었다.

뜨거운 여름! 펄펄 찌는 더위에 에어컨도 선풍기도 모두 잠든 채 그 사람만 바라보고 있었다.

결국 소장이 혀를 내둘렀다.

"어떤 놈이야? 말해. 공사 중단시키더라도 좋으니까. 내 기필코 그 업체는 쫓아내 버리지."

현장에 모인 모든 사람에게 그가 연설하듯 말했었다.

"어제 서울 현장에서 낙석이 떨어져서 사람 하나가 심하게 다쳤습니다."

"저는 안전을 우선으로 하지 않는 현장을 돌릴 수가 없습니다. 공사 진행보다 여러분의 안전이 우선입니다."

"한 번만 더 현장 내에서 안전모를 쓰고 계시지 않은 작업자들이 계신다면 바로 발주처로 보고하고 현장 완전히 중단시킵니다. 그런 불상사가 생기는 일이 없도록 주의해 주십시오."

그리고 그는 스스로 두꺼비집을 올렸다.

아마도 그는 현장의 안전 감리였을 것이다.

그 사고가 났다는 작업자는 안전모를 썼었는지, 아니었는지는 알 수 없다.

사고가 나는 것은 어쩔 수 없다. 그것은 재앙이다. 누군가에게 책임을 물을 수 없다.

사고 당시 안전모와 안전 장비를 갖추고 있었다면, 그것은 안전 감리의 책임이 아니다.

그는 작업자들에게 안전에 대한 교육을 제대로 시킨 것이다.

책임 소재의 문제를 떠나서 죽을 수도 있었던 사람의 생명을 구할 수 있었다는 것에 뿌듯함을 느낄 것이다.

반대로 안전모를 쓰고 있지 않았다면 죽음으로 이르렀을 수도 있었다.

그것은 안전 감리가 제대로 교육시키지 못한 것이 된다. 안전 감리의 책임이다.

'그로서도 절박했을 거야. 그런 사고가 난 감리는 직장을 잘렸거나 징계를 먹었겠지.'

현장에서 그 후로 바뀐 것이 있다면 철저한 안전모 착용이었다.

내가 아는 감리는 현장을 자신의 뜻대로 정지시킬 수 있는 권한이 있었다. 대의명분만 갖춰진다면.

더 나아가 건설업체에서 선정한 현장 대리인인 소장을 바꿀 수도 있었다.

물론 나는 정식 감리가 아니다.

한 교수는 항상 상주해서 감리를 볼 수가 없었다.

대안으로 울산의 한 건축사 사무소에 감리를 맡기는 대신,

자신도 고문 자격으로 참여를 한 것이다.

그 고문의 대리 자격으로 나는 현장을 방문한 것이다.

현장의 한 귀퉁이에 '감리사무실'이라고 조그맣게 컨테이너 박스를 만들어놓았다.

문을 열고 들어갔다.

'어, 진표 형이네.'

신기하게도, 아니, 당연하다고 해야 할까?

이 좁은 동네에서 건축 일을 하다 보면 당연할지도 모른다.

이 당시 울산에는 건축사가 100명도 채 되지 않았을 때였고, 제대로 사무실을 내고 하는 곳은 30곳이나 되었을까 할 때였으니…….

전생에 알던 사람이 앉아서 도면과 사진을 비교 검토하고 있었다.

전생에 울산에 있었을 때, 건축사 사무소에서 가끔 투시도를 맡길 때가 있었다.

진표 형은 그때마다 나를 먼저 챙겨줬던 형이었다.

나중에 울산에서 건축사 자격증을 땄고, 사무소를 개설했다는 소식을 들었다.

물론 그때도, 지금도 별다른 연고는 없었다.

대학교 선배였다는 것과 투시도 일로 몇 번 만나면서 친해진 것이 전부였다.

"누구세요?"

아는 사람이지만 아는 척을 할 수 없었다. 다만 반가움의 표시는 얼굴로 할 수 있었다.

"아! 안녕하세요. 한 교수님 제자. 김성훈입니다."

그도 일어서면서 인사를 했다.

"반가워요. 서진표입니다. 아직 학생이시겠네요."

"네, 어느 건축사 사무소 소속이세요?"

이미 알고 있지만 예의상 물으며 대화를 나눴다.

전생의 인연은 다시 이어지고 있었다.

그것이 어떤 인연으로 이어질지는 알 수 없었지만.

며칠에 한 번씩 현장을 들르면서 진표와 친해졌다. 그래서 지금은 그도 나도 어색함이 없었다.

진표와 마감 공정에 차질은 없는지 이야기를 하고 있는데, 누가 들어왔다.

"진표야, 잘 지내냐?"

아는 사람인지 진표가 인사를 했다.

"네, 형님. 이제 외부 마감하러 오셨나 봐요."

"응, 사흘 후에 들어오라길래, 공사가 얼마나 진행됐는지 보러 왔다."

진표를 툭툭 치며 물었다.

"형, 누구세요?"

"아, 예전 현장에서 같이 일했던 분이야."

"이렇게 먼저 현장을 점검하시다니 꼼꼼하신 분이신가 봐요."

"응, 일 잘하기로 소문난 분이셔. 형님, 이리 앉으시죠."

이런 공사 담당자를 흔히 '십장(十長)'이라고 한다.

십장은 대략 10명 내외의 사람을 이끌며 공사의 한 공종을 담당하는데, 그 공종의 우두머리라고 하겠다.

사람마다 스타일이 다 달라서 현장에서 들어오라고 하면 그 말만 믿고 인원을 투입하는 사람도 있고, 연락을 받고 직접 현장을 확인하러 오는 사람도 있다.

내가 볼 때 이런 사람은 일을 잘하는 사람이다.

투입되어야 할 시점을 자신이 직접 눈으로 확인하니 인원의 누수가 발생하지 않고, 현장과의 트러블이 적다.

그리고 믿고 맡길 만한 사람이었다.

보통 대부분은 한 번 와보는 것이 귀찮아서 현장 직원의 말만 믿고 냉큼 투입했다가 직원들은 파리를 잡고, 막걸리

마시며 시간을 보내다가 하릴없이 하루를 공치는 경우도 많았다.

'현장에서 하는 말을 절대로 100% 신뢰해서는 안 된다.'

현장에서는 항상 하는 말이 있다.

"자재 당장 밀어넣으세요. 몽땅 다. 네! 자재 창고 텅텅 비었어요."

"인원 있는 대로 투입시키세요. 아! 선공정 손 털고 나갔다니까요."

초보 시절에 순진하게도 이 말을 믿고 자재를 밀어 넣었다가 낭패를 본 적이 있었다.

지하에 놓을 장소가 없어서 지상에 내려놓고는 비가 올까 노심초사를 했었다.

가구는 비 맞으면 쓰레기가 된다. 고물상에서도 가져가지 않는 폐자재가 된다.

그 뒤로는 현장 직원의 말을 절대로 신뢰하지 않았고 내 눈으로 직접 확인하는 버릇이 생겼다.

그래서 가보면 자재 창고는 선공정이 쓰다 버린 잡자재로 가득 차 있고, 선공정 십장들은 기사를 욕하고 있다.

"김 기사, 창고 안 비우면 물건 못 들어와. 그렇게 알아!"

그렇게 엄포를 놔야 비로소 움직이는 것이 기사들이다.

바쁜 거 알고 힘든 거 알지만 어쩌랴! 내가 죽게 생겼는데.

이 사람은 되게 꼼꼼한 사람으로 보였다. 사흘이나 전에 오고 말이다.

내가 얼른 일어섰다.

"커피 한 잔 타 드릴게요."

셋이서 커피를 마시며 얘기를 나누던 중 석공이 말했다.

"외벽 공사 저걸로 할 거냐?"

"네, 무슨 문제가 있습니까?"

"문제는 무슨 우리는 그냥 있는 돌 가지고 시공하면 되지. 뭐."

말을 얼버무리는 모양새가 좀 이상했다.

'커피 한잔하러 와 놓고는 우리는 그냥 하면 되지? 당연한 일을 말한다?'

진표가 물었다.

"형님! 혹시 돌에 문제가 있습니까?"

"아냐, 돌이 무슨 잘못이 있겠어?"

"그런데 형님 말씀하시는 모양이 뭔가 있는 것 같습니다. 말씀해 보세요."

진표도 뭔가 이상함을 눈치를 챘다.

이 사람은 우리에게 뭔가를 말하려고 왔다. 단지 말하기가 찝찝할 뿐이다.

"나는 말이지. 돌쟁이지, 건축 잘 모른다. 일만 하고 돈만

받고 가면 된다.”

그가 말을 끊었다.

“그런데 네가 있어서 하는 말이다.”

하면서 내 쪽으로 눈치를 준 모양이다.

“형님, 괜찮습니다. 어차피 알아야 될 일입니다.”

“너네 현장 입간판에 붙어 있는 사진, 그거랑 똑같이 만들라고 하는 거지.”

“당연하지요. 그거 하려고 붙여놓은 건데요.”

“그렇지. 내가 참…… 당연한 말을 했네.”

그는 더 이상 말하지 않았다.

“아이구, 내 정신 좀 봐라. 커피 한 잔 하고 간다고 했는데, 기다리겠다. 간다, 내일 모레 보자.”

“시공은 그다음 날 이잖아요.”

“그래도 그 전날 한 번 더 와봐야 확실히 사람을 몇 명을 투입할지 계산을 하지. 지금 하는 현장도 사람 모자란다. 임마. 하하.”

저렇게 꼼꼼한 사람이 뭔가 잘못 볼 리가 없었다.

“그 형님, 참 실없는 사람이네.”

“무슨 말씀을 하시려고 한 것 같은데요.”

“걱정 마라. 석종은 일주일 전에 내가 확인했고, 전표도 다 확인했는데 뭐.”

그는 자신의 권한을 잘 알고 있었다.

어디까지나 감독이다. 공사 진행에 배 놔라 감 놔라 간섭하면 안 된다.

공사는 시공사가, 감독은 감리가, 서로의 일에만 충실하면 문제는 생기지 않는다.

하지만 나는 일반적인 감리가 아니었다. 직책도 뭣도 없었지만 말이다.

"형님, 그래도 한번 가보시죠. 하하."

진표의 손을 끌고 지하층으로 향했다.

주차장 용도로 나중에 지하층을 추가로 설계했었다.

지형이 좁아서 30세대의 차량을 주차하기에는 무리가 좀 있었고, 후에 설계 변경을 했었다.

그러면서 기계실과 전기실을 지하로 옮겼고 지상층은 한 층 더 여유가 생겼다.

그 지하층을 공사 현장에서는 통째로 자재 창고로 쓰고 있었다.

"그 형님이 아까 조감도 이야기했잖아요."

"응."

"전 좀 이상하다 생각했는데요."

"뭐가?"

"그냥요."

끼이익−

빠루로 석재가 담긴 팔레트의 뚜껑을 열었다.

"맞잖아. 포천석."

포천석은 화강석의 일종으로, 장석이 백색과 분홍색이 섞여 있어서 약간 붉은색이 감돈다.

"예, 맞네요."

돌쟁이라 일만 하고 돈만 받아 간다라. 당연한 말을 늘어놓는 데는 이유가 있을 것이다.

'이왕 여기까지 왔는데, 좀 더 보자.'

"형님, 다른 것도 한번 보시죠."

"그래, 찜찜한 게 남으면 안 되지."

몇 개의 팔레트 뚜껑을 더 열었다.

"이상 없지?"

"네, 이상은 없는데, 뭔가 찜찜하네요."

팔레트에서 돌을 끄집어냈다.

그리고 다른 팔레트에서도 하나를 꺼내 비교를 해봤다. 별반 차이가 없었다.

"형, 들고 나가서 봐요."

"그래, 여기서는 잘 안 보인다."

지하실 밖으로 나왔다.

"같은 석종은 확실하네."

"네, 같은 석종이기만 하네요. 그런데 색깔이 좀 뿌옜네요. 무늬도."

석공이 말했었다.

'돌이 무슨 잘못이 있겠어? 쓰는 사람이 문제인 거지.'

이런 의미였던가?

석재는 공산품이 아니다.

공장에서 만들어진 인조석이 아니라면 모두 똑같은 품질일 수도 없다.

"저번에 왔을 때도 이랬어요?"

"성훈아, 돌을 한 번 본다고 기억하겠니?"

그리고 또 하나.

"이게 보이세요?"

팔레트에 곱게 세워진 돌들을 가리켰다. 조금씩 어긋나는 배열들.

"누가 중간에 새로 정리했나 본데."

"그렇죠? 이상하죠."

석재의 원산지에서 바로 배송되는 돌들은 아주 가지런하게 배열이 되어 있다.

누가 억지로 건드리지 않는 한은 자리를 벗어나지 않는다. 돌은 아주 무겁다.

"진표 형, 이럴 경우는 어떻게 해요?"

"어쩔 수 없어. 석종이 다른 거라면 클레임을 걸겠지만 이건 석종이 바뀐 것은 아니잖아."

모든 일에는 영역이 있다. 그 영역을 침범하면 일 자체가 엉망이 된다. 그리고 책임 소재도 명확하지 않게 된다.

고민이 되었다.

석재 회사에서는 도면에 명시된 자재를 가지고 들어왔었다.

"형, 아무래도 중국산인 것 같은데요?"

"야, 설령 중국산이라고 해도 구분하기 어려워. 심증만 가지고 클레임을 걸 수는 없지 않냐? 문서는 다 맞는데?"

"형, 혹시 샘플 안 뽑아 놓으셨어요?"

"그걸 깜빡했네. 이럴 거라고 상상이나 했겠어?"

아까의 석공이 생각났다.

"아까 그분한테 도움을 청해 보면 안 돼요?"

"어려울걸. 자기 일도 아닌데, 끼어들 리가 없잖아."

하긴 그랬으면 처음부터 다 사실대로 이야기했을 것이다.

확신하건데, 그는 끼어들 마음이 없다.

분명히 문제는 있는데, 그 문제를 제기할 수 없다.

심증은 있는데, 걸고넘어지기가 애매하다.

'한 교수? 아니야. 괜히 일을 크게만 만들 거야.'

현재 쪽에서는 크게 중요하지도 않은 일에 트러블이 생기는 것을 반기지 않을 것이다.

기획실장이 이 일에 그만큼의 비중을 두지도 않을 것이 확실하다. 그에게는 귀찮을 일일 뿐이다.

그때 전화가 울렸다.

'바쁜데 누구지?'

―오, 성훈, 공사는 잘되어가나?

"네, 필립. 뭐 그럭저럭요."

―자네의 수액 덕분에 비키가 많이 좋아졌어. 아내가 언제 식사나 같이하재.

'흥. 또 풀떼기를 먹이려고. 밖에서 먹자고 해야지. 아차! 그럼 비키를 못 보는데.'

"알겠어요. 필립은 잘 지내요?"

―그럼. 딸애도 괜찮아졌고, 이제 힘들어하지 않으니 조깅을 시작했다네.

"하긴 이제 몸 관리도 하셔야죠. 비키도 아직 클 날이 한창인데."

'자꾸 비키 얘기만 하네. 하지 말아야겠다.'

―그래, 바쁠 것 같아서 전화했어. 그럴 때일수록 여유를 가져.

"네, 요즘 눈코 뜰 새 없이 바쁘네요."

―그래, 그럴 것 같더라. 요즘은 매일같이 트럭이 들락날

락하더라고.

"네, 맨날 그래요. 저 바빠서 끊을게요. 담에 또 봬요."

'당연한 걸 가지고.'

현장에는 항상 트럭이 드나든다. 자재가 넘쳐야 현장인 것이다.

부족해서 문제가 생기는 적은 있어도, 남아서 문제될 것이 없는 곳이 현장이었다.

자재가 일부 바뀌는 것.

현장에서는 비일비재한 일이다.

클라이언트가 바꿔 달라고 하면 바꿔야 하는 것이다.

그러나 지금은 그것과는 상황이 달랐다.

역시 한 교수에게 도움을 청할까?

다시 생각해 봤지만, 얘기했다가는 현장을 뒤집어놓을 테니 묻지도 못하고 도면을 모두 검토했었다.

반드시 국산을 써야 한다고 명시된 문구는 없었다.

다만 견적을 내온 것은 국산의 가격이었다.

"진표 형, 어떡하죠?"

진표와 고민을 하고 있는데, 불청객이 찾아왔다.

필립 건으로 일전에 만난 공사과장이었다. 문 과장이라고 했던가?

"서 기사님, 아니 말여! 손님을 만나러 갔으믄 법인카드 쓸 수 있능 거 아녀요? 기여요, 아녀요?"

컨테이너 사무실에 들어오자마자 소장에 대한 불평을 늘어놓는다.

'소장도 문 과장 욕을 하더니 둘이 앙숙인가 보네.'

진표도 늘상 있는 일인 듯 대꾸했다.

"뭐 그러실 수도 있죠. 일하러 간 건데. 얼마를 쓰셨길래."

"아따! 소장이라는 인간이 말여. 꼴랑 십만 원 쓴 걸로 사람을 이렇게 면박 주기 있다요?"

진표가 문 과장을 달랬다.

"얼마 안 쓰셨는데. 왜 그러셨을까요? 자주 쓰셨나 보죠."

"거시기…… 자주라기보담은 맨날 쪼끔씩."

거짓말은 못하는 성격인가 보다. 곧이곧대로 다 말하는 것을 보니.

"그래도 말여. 소장, 그 인간은 더 써요! 지가 쓰는 건 당연한 거고. 내가 쓰는 건 안 된다는 게 말이나 된다요?"

"커피나 한 잔 드세요.

진표가 상대하는 사이 내가 커피를 들이밀었다.

"이 현장이 말여요. 지가 없었으믄 돌아가지도 않는당께요."

진표도 맞장구를 쳤다.

"그렇죠. 과장님 오기 전까지 난리도 아니었죠."

'그게 무슨 말이지?'

"진표 형, 문 과장님 원래부터 현장에 계시던 분 아니셨
어요?"

"저번에 먹줄 잘못 튀겨 가지고, 소장이랑 한 교수님이랑
한바탕한 거 알고 있지?"

"네."

"그 이후로도 계속 트러블이 생겨서 과장님이 다른 현장
있다가 급히 투입되셨거든."

진표가 말을 이었다.

"그 이후로는 한 교수님도 아무 말씀 안 하시잖아."

'한 교수의 인정을 받은 건가? 그래도 말씀하시는 투는 신
뢰가…….'

진표가 내게 귓속말을 했다.

"진짜 문 과장 없으면 현장 안 돌아갈 정도야. 소장은 낙
하산이야."

다시 진표가 작게 말했다.

"계속 전라도 현장에만 계시다가 여기로 투입되신 거야.
그래서 좀 왕따를 당하고 있지. 여긴 경상도잖냐."

'쯧.'

문 과장이 씩씩거렸다.

"요즘 소문이 파다혀."

내가 물었다.

"뭐가요. 과장님?"

"지눅은 뒷돈 다 챙기고, 물건 다 빼돌려 처묵으면서, 나가 꼴랑 십만 원 썼다고 그 지랄을 한다는 게 말이나 되능겨?"

내 눈이 동그래졌다.

"진짜예요?"

홧김에 한 말인지 문 과장의 얼굴이 사색이 되었다.

"이거 비밀이여. 알지라?"

그가 급하게 말을 이었다.

"이거 소장 귀에 들어가믄 나 짤린당께요. 제발 못 들은 걸로 해주쇼. 잉?"

문 과장에게 자리를 권했다.

"걱정 마세요, 과장님. 우리가 그렇게 입이 가볍지 않아요. 그쵸. 형!"

진표가 웃으면서 고개를 끄덕였다.

과장을 의자에 앉히고 말을 꺼냈다.

"안 그래도 과장님께 말해야 할까 고민하던 중이었어요."

비밀을 지킨다는 말에 안심을 하면서 과장이 자리에 앉았다.

"뭘 야근디 고민을 했다요? 현장 일이여요?"

나는 목소리를 낮추어 어제 우리가 느낀 석재에 대한 의혹을 말했다.

내 톤에 맞춰 그의 목소리도 낮아졌다.

지금 컨테이너 박스에서 세 남자가 머리를 맞대고 소곤거리고 있었다.

비도 추적추적 오는데…….

"긍께, 감리기사님 말씀은…….'

"기사 아닙니다. 성훈이라고 불러 주세요."

"석재를 누가 바꿔치기 한 것 같다. 그 말씀이다요?"

"아직 확인은 못했죠. 그런 의혹이 있다는 말이죠."

"미쳐 부렀구만. 미쳐 부렀어. 그 잡놈이 드디어 미쳐 부렀어."

"……."

"현장에서 자재 빼서 파는 것이야 하루 이틀 일은 아닝께."

말을 하다가 울분이 터진 모양이었다. 목소리가 살짝 높아졌다.

"돈 띵겨 묵는 거 가지고 누가 뭐라 한다요? 그려도 일은 바로 해야제. 일하라고 불러 앉혀놨제, 지 용돈 벌이 하라고 앉혀놓은지 아는감?"

"과장님, 목소리 낮추세요."

"뭐, 우리가 죄졌소? 그리고 뭐시라! 자재를 하품으로, 것

두 중국산으루다가?"

"어떡할까요? 좋은 방법이 없을까요?"

"뭔 방법이 있다요! 기냥 발주자헌티 일러바치믄 되는 것이제."

그가 흥분해서 말을 이었다.

"거시기! 나는 말요. 딴 건 다 참아도, 일 가지고 장난치는 놈은 못 봐준당께. 이건 의사가 메스로 장난치는 거랑 매 한가징게!"

'그게 원칙인 걸 몰라서 묻습니까? 이 양반아. 뭐가 있어야 찌르든가 말든가 하지!'

"정황도 확실하지 않고, 언제 바뀌었는지도 모르는데 어떻게 말을 합니까?"

"일단 지르고 나면 원청에서 나와서 조사하면 되는 것이제. 그걸 우리가 왜 신경 쓴다요?"

"과장님, 일단 흥분을 좀 가라앉히시고……."

현장의 비리에 문 과장이 격분했다. 그는 믿을 만한 사람 같았다.

"지금 내가 참을 상황이다요? 미쳐 부렀어. 미쳐 부렀어. 여그가 누구 현장이오? 현재요. 현재! 그라고 들어와서 살 인간들이 독일 눔들이여요. 이코노믹 애니멀이라고 허는 그 깐깐한 놈들이라고. 나중에 걸리면 몽땅 다 덤탱이 쓴당께요. 시공이고, 감리고 몽땅 말여요. 여그 시공사랑 하청업체들 몽땅 모가지 안 날릴라믄, 지금 작은 거 걸렸을 적에 한 놈만 대가리 날리는 게 상책이랑께. 엄한 놈 감싸줄래다가 물귀신처럼 끌고 들어가면 몽창 줄초상 난당께로."

문 과장을 진정시켰다.

"우리도 감춰줄 생각은 없어요. 그쵸?"

그럴 이유도 없었다. 단지 내가 원하는 건 이 사건으로 인한 피해를 최소화시키는 거다.

문 과장의 말이 정석이다. 책임에서 벗어날 수 있다. 그러나 현장은 박살이 난다.

'나는 아니겠지만 누군가는 손해를 보겠지.'

이 공사에 목숨을 거는 사람도 부지기수일 것이며, 생계가 달린 사람이 대부분이다.

일이란 시기가 있는 법!

"과장님! 만약에 생각 없이 현장을 멈춰놨는데, 오늘보다 더 큰 비라도 와 버리면 어떻게 해요?"

"안 돼제. 그람 큰일이제. 아직 샤시 공사도 덜 끝났는데! 방으로 비라도 들이치믄, 들여놓은 자재 큰일 난당께요."

공사과장 문 과장이 이성을 되찾았다.

아무 일도 아니었던 것이 현장에서는 큰일로 이어지는 경우가 비일비재하다.

하나하나 일일이 열거하면……. 네버엔딩 스토리가 된다.

"그래도 바로 꼰지르자는 말씀이 나오세요? 과장님"

"그라믄 안 되제. 클나제. 하청업체들 다 죽어 나가니께."

문제는 있는 것은 아는데, 일은 계속 진행이 되어야 한다.

그러나 근거 없는 확신보다 공허한 건 없다.

어설프게 들이밀었다가는 바보가 될 뿐 아니라 말의 신뢰를 잃게 된다.

물론 현장의 흐름이 깨어진다는 것 자체도 큰 문제다. 제철 공장의 전기가 끊어지는 것만큼이나.

"하지만 이대로 가면 안 돼요."

"그라제. 그라제. 호미로 막을 것을 가래로도 못 막는당께요."

작은 문제를 방치하면 결국은 큰 문제로 진화한다.

"방법을 찾아야 해요."

"무신 수로?"

듣고 있던 진표가 끼어들었다.

"오래전에 생긴 일은 아닐 거야. 자재가 들어온 지 일주일이 됐으니까, 그사이에 벌어진 거지."

셋이 머리를 맞댔다.

아무리 생각해도, 마땅한 방법은 나오지 않았다.

모두 벙어리 냉가슴 앓듯 서로만 쳐다볼 뿐이었다.

'이럴 땐 발로 뛰는 수밖에 없지.'

"형! 과장님! 이건 어때요?"

둘의 시선이 내게 집중되었다.

"소장 혼자서 하지는 않았을 거예요."

"아녀유, 그 인간은 욕심 많아서 저 혼자 처먹었을 것 같은디? 쫀쫀해 가지고 회식도 잘 안 하는 인간인디?"

"그 얘기가 아니에요. 과장님은 혼자서 저 팔레트 내릴 수 있어요?"

"아하! 뭔가 흔적이 남았을 거라는 말이지유?"

생각을 하던 과장이 고개를 저었다.

"그건 아닌디. 고 자리 고대로 있던디? 내가 구역을 정해 줘서 정확히 알쥬."

"그건 얼마든지 할 수 있는 거예요. 그 정도로 어설프지는 않을 거예요."

진표도 내 말에 동의했다.

"그래요. 했다면 뭔가 흔적이 남았을 거예요. 우리가 모르는 것뿐이에요."

문 과장에게 말했다.

"과장님은 요 며칠 사이 현장에 이상한 일이 없었는지 확인해 보세요."

"왜 그란데요?"

"아무도 모르게 자재 빼는데, 여러 번 티 나게 움직였을

리가 없어요. 은밀하게 한 번에 했겠죠."

"그러네. 내 우리 아그들하고 술 한잔하면서 물어볼 텡게, 염려 놓으셔."

그리고 진표에게 말했다.

"형님은 반출된 자재가 있는지 점검해 보세요. 그리고 언제 반출됐는지도요."

"왜?"

"지금 공사가 한창 진행되는 시점이죠?"

"그렇지."

"이 시점에 자재가 나간다는 게 말이 돼요?"

"흠……."

현장은 자재를 잡아먹는 괴물이다.

들어온 자재들이 모두 제자리를 잡아야 하나의 건물이 완성된다.

현장은 전장이다.

자재의 투입으로 전투가 시작되고, 인력의 공급으로 전쟁이 완성된다.

자재가 없어서 공사가 중단되는 경우는 있어도, 남아서 문제가 되는 현장은 없다. 어디에 쟁여놔도 쟁여놓는다.

'머리에 이고라도 할 테니까, 일단 들여와요'라고 하는 사람들이 바로 현장 기사들이다.

내 경험상 공사 중에 자재를 빼는 경우는 불량 혹은 교체 밖에 없었다.

"자재가 부족하면 인부들이 놀게 되는데, 자재를 빼는 현 장은 없겠죠?"

둘 다 고개를 끄덕였다.

"그라제. 자재가 우선이지라. 뭐가 있어야 일을 시키제. 사람 불러놓고 놀리면 그게 돈이 얼만디?"

"네 말이 맞다. 현장에서 제일 비싼 게 인건비인데. 그럴 리가 없지."

"무슨 말인지 아시겠죠? 두 분 다?"

진표가 물었다.

"넌 뭐 하려고?"

"전 내일 수업 끝나고, 현장 오기 전에 지게차 사무실에 한번 들러 볼게요."

"지금 안 가고?"

"친하지도 않은 사람이 밥때 찾아가면 좋은 소리 못 들 어요."

'인생은 타이밍이거든요.'

그사이, 문 과장이 문 앞에 섰다.

비 사이를 뚫고 전진하는 전사의 눈빛이었다.

"잠깐만요. 과장님! 그렇다고 너무 티 나게 하시면……."

"나가 짬밥이 얼만디, 그렇게 티 나게 하겠소, 염려 탁 붙들어 매랑께."

그가 비를 헤치며 현장을 달려갔다.

'오늘도 법인카드 긁고, 한 소리 듣겠구만!'

지게차 사무실을 찾아갔다.

남목 근처에 기숙사보다 더 큰 현장이 있어서인지 그쪽 근처에 숙소를 두고 있었다.

"소장님 계십니까?"

사무실에서 러닝 바람으로 전표를 정리하던 남자가 고개를 들었다.

"오, 어서 오십시오. 지게차 쓰시려고요? 이 근처에서는 우리가 제일 일을 잘합니다."

내가 지게차를 쓰려는 사람으로 보였던 모양이다.

러닝 바람에도 벌떡 일어나 손님 접대를 하면서도 자기 자랑을 잊지 않았다.

용건도 말하지 않았는데, 나를 자리로 안내했다.

"여기 이 자리로 오셔. 선풍기 그쪽으로 돌려드릴게."

친절하면서도 약간은 과장된 행동의 오지랖이 넓은 남자

였다.

내 소개를 했다.

"현재 기숙사 현장에서 왔습니다."

"현재 기숙사? 아까도 말했지만 거긴 지금 안 돼!"

"네?"

말도 들어보지 않고 대뜸 퇴짜를 놓는다. 다른 사람과 착
각을 하는 모양이었다.

잽싸게 선풍기도 다시 자기 쪽으로 돌렸다. 손님이 아니니
태도가 확 바뀐다.

갑작스런 태도 변화에 약간 당황스러웠다.

'가벼운 남자네. 오지랖도 넓고……'

"거긴 전날 미리 연락 안 하면 안 가! 그렇게 아쇼."

"저 지게차 쓰러 온 거 아닌데요?"

"그럼 뭐 하러 왔소? 지게차 사무실에?"

"그런데 왜 그렇게 화가 나신 거예요?"

그러면서 아까 사뒀던 박하스 한 박스를 내밀었다.

"더운데 열 내지 마시고 이거나 한 병 드세요."

쫘드득—

차가운 박하스를 직접 따서 그에게 내밀었다.

"오, 젊은 사람이 예의가 바르네. 여기 앉으쇼."

그가 다시 자리를 권했다. 선풍기는 물론이고.

가는 정이 있으면 오는 정도 있다.

가죽이 다 떨어져 너덜너덜하는 소파에 쭈그려 앉았다.

"그런데 왜 그렇게 화가 나신 거예요? 우리가 뭐 실례되는 일이라도 했어요?"

아까의 질문을 다시 꺼냈다.

"거 말이오. 아무리 우리가 포크나 몰고 댕긴다고 해도, 사람 그렇게 부리지 맙시다."

현장에서는 지게차를 포크라고 부르기도 한다.

"예?"

이유를 모르는 나는 되물었다.

그의 말에 뭔가가 있을지도 모른다는 생각이 들었다.

'살살 긁으면 뭐가 나오겠는데.'

"일이 있으면 낮에 끝내야지. 사람들 다 자는 오밤중에 부르고 그러지 말자, 이 말이오."

"……."

가만히 들었다.

경청하는 것은 상대로 하여금 말할 기분을 북돋아준다는 명언을 떠올리면서!

"아무리 돈도 좋다지만 꼴랑 두 시간 조금 더 부려 먹을 거면서 부르면 어쩌잔 말이요. 왔다 갔다 하는 데만 30분이 넘어 걸리는데."

'이거 확실히 뭔가 있는데.'

확인해 볼 요량으로 슬쩍 농담을 건넸다.

"밤에 갔는데, 할증 달라 그러시죠? 하하."

"할증 좋아하시네, 두 시간 반이나 써놓고도 딸랑 두 시간만 계산해 줍디다."

생각하니 열이 받는 듯 중얼거렸다.

"작은 놈으로 갔다가 안 되겠어 가지고, 큰 지게차도 끌고 나왔었는데."

"소장님, 큰 지게차를 불러야 될 정도면 엄청 무거운 거였나 봐요?"

"석재요, 석재! 그게 어디 작은 지게차로 버틸 하중이오? 팔레트라도 작던가?"

한 병을 단숨에 먹어치운 소장이 다시 말을 이었다.

"저번에 왔을 때도 작은 팔레트로 가져오라고 난리를 쳐 놨는데…… 말을 안 들어 처먹어."

드드득—

소장이 신경질적으로 다른 병의 목을 비틀었다.

"지게차 넘어지고, 물건 부서지면 우리더러 책임지라고 할 것 아냐?"

"하하, 공장에서 말을 들어야 말이죠. 매번 얘기를 하는데도. 죄송합니다. 다음부터는 그런 일 없도록 하겠습니다."

"담에 또 그러면 지게차 다 빼버릴 테니까 그렇게 아쇼."

그럴 수 없다는 것을 알면서도 어린 친구 앞이라 큰소리를 친다.

어제 아무리 심하게 싸워도 돈 준다고 하면 못 이기는 척하고 나온다. 돈 벌려고 하는 일이니까.

'당신네들 심정을 모르는 것도 아니지.'

"그래서 어떻게 하셨는데요?"

"어떡하긴, 자는 놈 깨워 가지고 큰 거 끌고 나오라고 했지."

"고생 많으셨네요."

"앞으로 밤중에 부르면 무슨 일이 있어도 안 나가니까. 그렇게 알라고 소장한테 전하쇼."

"누가 불렀는데요?"

이게 포인트였다.

"방금 말했잖아. 당신네 소장이 불렀다고. 얼마나 주문 사항이 많았는지 아쇼?"

웃으면서 물었다.

"또 무슨 주문을 하시던가요?"

"물건 다 실어 올렸으면 우리 일은 끝이라고, 내일 해도 되는 거잖아. 안 그래요?"

"그렇죠. 밤에 부른 것도 실례인데."

소장의 말에 맞장구를 쳤다.

"내 말이 그 말이오. 그 오밤중에. 비도 추적추적 내렸는데."

"소장님이 좀 꼼꼼하셔야죠."

"이리 옮겨라, 저리 옮겨라. 원래 있던 자리에 놔라. 무슨 퍼즐 찾기 하는 것도 아니고 말이지."

"자재가 섞이면 안 되니까 그러신 모양입니다."

그의 말에 호응하는 내가 맘에 들었던 모양이다.

소장이 선심 쓰듯 말을 덧붙였다.

"그리고 말이오. 내 일은 아니지만, 보양(제품의 파손 방지를 목적으로, 천이나 비닐로 덮어씌우는 것) 좀 잘하고 다니라고 하쇼."

"왜요?"

"비도 추적추적 오는데, 비닐을 엉망으로 씌워 가지고 트럭 앞뒤로 있는 팔레트들은 비 다 맞았습디다."

"……."

"아무리 돌이라고 해도, 물기 때문에 딱 붙어버리면 떼어 낼 때 힘들 건데 말이오."

자리에서 일어섰다.

"소장님, 말씀 잘 들었습니다. 다음부터는 미리미리 전화로 예약 넣으라고 전할게요."

"벌써 가려고?"

"가서 일해야죠."

"그래? 참. 여긴 어쩐 일로 왔나?"

"그냥 뭐 좀 여쭤보려 왔는데, 다음에 또 올게요."

"그래, 잘 가게. 이건 잘 마실게."

드드득―

다시 병 목 비트는 소리가 들렸다.

'고맙다. 박하스!'

진표가 말했다.

"성훈아, 아무리 찾아봐도 일주일새에 다른 출고증은 없어."

"일부러 작성을 안 한 건가 본데요."

나름 완전범죄를 시도한 모양이다.

"혹시 경비 아저씨는 아시지 않을까요?"

"알아도 말하겠냐? 밥줄 걸린 문젠데."

"하긴 소장이 미리 말했겠죠. 막걸리값이라도 줬든지."

진표도 그렇게 생각하는 모양이었다.

"그래, 조금이라도 눈치가 있는 사람이라면 그랬겠지. 한 두 번 해본 솜씨가 아니니 말이야."

미리 알 만한 사람과는 말을 맞췄을 것이다.

그에게 다시 한 번 확인했다.

"어쨌거나 반출증은 없었다는 말이죠?"

"응, 요 일주일 사이에 나간 품목을 모두 확인했어. 몇 개의 품목이 불량으로 나가기는 했지만, 이런 물량이 나간 것은 없었어."

"알았어요. 형, 우리 다시 한 번 자재 창고로 가봐요."

지하층으로 향했다.

줄지어 있는 팔레트를 만지면서 말했다.

"형, 처음 석재 들어오던 날 비 왔어요?"

"흐. 비는 무슨, 쪄서 죽는 줄 알았구만. 그건 왜 물어?"

그에게 팔레트 하단을 가리켰다.

"아직 물기 남아 있죠?"

가장 안쪽에 있던 팔레트라서 저번 점검 때도 가보지 않았던 부분이었다.

"그러네. 이상하네. 뜯어보자."

끼이익!

"형, 이것 봐요. 역시."

"젖어 있네. 이제 확실하네."

"지하층으로 빗물이 들이칠 리도 없겠지만 들이쳤다고 해도 안쪽의 돌들이 젖을 정도는 아니죠."

"그전에 배수펌프가 작동했겠지. 다른 자재들도 까딱없

잖아."

주변의 나무로 된 자재들도 아무 이상이 없었다.

진표가 물었다.

"성훈아, 그래도 이걸 결정적인 증거라고는 할 수 없지 않겠니?"

내가 고개를 끄덕였다.

"대신 의혹만 있었던 것이 더 명확해졌죠."

진표도 내 말에 동의했다.

사람이 맘먹고 숨기자고 들면 명확한 증거를 찾기는 어려운 법이다.

진표와 함께 자재들을 살피고 있었다.

문 과장이 지하 자재창고로 들어왔다.

"어디 있는지 한참 찾았구만유."

내가 물었다.

"뭔가 찾으셨어요?"

"어제 술 한잔하면서 얘기를 해봤는디, 별다른 것은 없구만유."

현장 사람들에게서 뭔가를 찾는 것은 어려울 거라 짐작했었다.

문 과장이 말을 이었다.

"한데 별건 아닌디, 그끄저께부터 타이어 세척기가 고장

났다 그러네."

"고쳤대요?"

"고치긴? 명색이 공사과장이라는 양반이 왜 몰랐냐는 타박만 들었지 뭐유. 그게 내 탓인가? 쳇."

공사장에서 외부로 나가는 출입구에는 타이어를 세척하는 기계가 있었다.

공사장의 흙이 밖으로 나가지 않도록 타이어에 물을 분사해 흙을 씻어 내는 것이다.

그것이 없으면 온 울산 바닥이 타이어 지나간 진흙 천지로 도배가 될 것이다.

"그게 왜 고장이 나요?"

"그건 나도 모르지유. 사람 불러났으께 곧 고쳐질 거유."

멀쩡하게 있던 그게 왜 고장이 났지?

"고장 나는 이유가 있을 거 아니에요?"

"어떤 무식한 눔이 과다 적재 상태로 지나갔응께 그 사단이 난 것이제. 걸리기만 혀 봐."

"그런 정도로 그게 고장이 나요?"

"너무 과한 하중이 걸치니께, 그 안에 베어링이 작살 안 나고 배기겠냐고!"

'뭔가 아귀는 맞아 들어가는데…….'

진표와 공사과장의 의견을 모으고, 그 위에 내가 지게차 사무실에서 있었던 이야기를 해주었다.

"딱이네. 그 정도면 충분하구먼유. 이렇게 가시자니께."

"그래, 성훈아. 이 정도면 충분히 보고서를 꾸밀 만하지 않냐?"

"네, 그렇긴 한데 뭔가 찜찜해요."

"뭐가?"

진표가 물었다.

"전부 우리 말이잖아요. 우리 추측이고. 만에 하나 소장이 자신을 음해한다고 우기면요?"

"거시기, 지게차 사장이 자기가 물건을 옮겼다 그랬다면서유. 그거믄 됐지. 뭣이 더 필요하당가?"

내가 그의 말에 딴죽을 걸었다.

"만약에 그 사장이 말을 바꾸면요? 뒷돈을 주거나 다른 거래를 들이밀면서요."

진표가 고개를 끄덕였다.

"충분히 그럴 수 있어. 계속 이 현장에 일을 하려면 소장한테 잘못 보이면 안 되겠지."

우리 셋은 확신을 하는데, 뭔가가 부족했다.

'아쉬운 뭔가가 하나 있어.'

돌은 모아났는데, 아치를 완성시킬 종석(宗石)이 없었다.

아치를 완성시키는 머릿돌을 종석이라고 한다. 다른 좌우의 돌들보다 좀 더 큰 돌!

좌우에 배열된 돌들을 묵직하게 눌러주어 자리를 잡게 만드는 돌! Key-stone!

우리는 고민에 빠졌다. 허전한 뭔가가 무엇인지를 고민하며.

그때 필립에게서 전화가 왔다.

-성훈, 수액 좀 더 구할 수 없나?

"벌써 다 쓰셨어요?"

-허허. 그게 말이야. 아내가 좋다면서 분무기에 담아서 온 방 안에 뿌려 버렸더구먼. 허허허.

'한번 물어볼까?'

아무 상관없는 사람이지만 물어보는 것은 실례가 아닐 것이다.

"필립, 요즘 운동은 잘되세요?"

-그럼. 계속 한 보람이 있어. 배가 쏙 들어갔어.

"그런데…… 트럭 들락날락하는 거 보셨다면서요?"

-요즘은 별로 없던데? 그날만 그랬었나 봐.

"그게 언제예요? 기억나세요?"

-그…… 나흘 전이었나? 비가 좀 오던 날 밤이었는데?

"몇 시 정도였어요?"

-흠…… 아마 새벽 1시 정도였던 것 같은데?

뭔가 감이 왔다. 그리고 무엇보다 필립은 현장과는 전혀 상관없는 외국인이었다. 소장의 입김은 통하지 않는다.

살짝 기쁜데도 나도 모르게 장난스러운 타박이 나왔다.

"무슨 운동을 그렇게 늦게 하세요! 그런데 어떤 트럭이었는데요? 몇 대였어요?"

─한 대였어. 15톤 카고 트럭이었던 것 같아. 내 앞을 지나가기에, 서 있는데 말이야. 뭘 얼마나 실었는지 몰라도. 바퀴가 찌부러질 정도였다고.

'앗싸! '아다리'다. 고마워요. 필립!'

기쁜 마음을 감추고 무덤덤한 목소리로 물었다.

"뭘 실었는지는 못 보셨고요?"

─막이 씌워져 있어서 못 봤지. 중요한 건가?

"아뇨, 별로 중요한 거 아니에요."

─성훈, 아무리 한국인들은 '빨리빨리'라고 하지만 차에 대한 존경심이 없어.

자동차 강국 독일의 필립다운 말이었다.

그리고 필립은 기꺼이 증언을 해줄 것이다. 그는 완고한 독일인이었다.

"뭔데, 그렇게 좋아하냐?"

"그러게, 뭐땜시 그리 웃음이 끊이질 않는다요?"

문 과장에게 말했다.

"과장님, 필립 아시죠?"

"아, 그 독일인? 이그…… 꼬장꼬장한 노인네. 그 사람이래요? 방금 통화한 사람이?"

그를 고민에 빠지게 했던 독일인을 잊을 리가 없다.

"네, 필립 씨 드리게 수액 좀 넉넉하게 보내주세요."

"킁. 나가 그 사람이 뭐가 예뻐서!"

"그 사람이 우리 문제의 키스톤이 될 거거든요."

"그게 뭔 말이다요? 당최 이해를 몬 허겠네."

진표와 문 과장에게 필립과의 대화 내용을 말했다.

"이제 됐어요."

진표가 투덜거렸다.

"되긴 뭐가 돼. 증거가 없는데. 반출한 출고증이 없다고. 아무것도 없다고."

"형, 증거가 없는 게 증거가 될 거예요. 아까 지게차 사무소에서 말한 거 말씀드렸죠?"

"응, 그랬지."

"분명히 나갔어요. 그리고 증거는 없어요."

"응, 없지!"

"그런데 필립이 그걸 봤어요."

"그 사람이 그렇게 영향력이 있어?"

진표가 문 과장을 보며 의문의 눈길을 던졌다.

"거시기 뭐다냐…… 기숙사 입주자 대표쯤 되겠죠?"

문 과장은 나에게 다시 동의의 눈길을 던졌다.

그의 표현은 아주 적절했다.

"맞아요. 입주자 대표! 그 대표가 증언을 한다면 영향력이 없지는 않을 거예요. 그리고 필립은 완고하거든요."

사실 필립에게 말해도 어느 정도는 될 것이다. 그동안의 정도, 서로에게 도움을 준 것도 있으니 기꺼이 내 손을 들어 줄지도 모른다.

하지만 절차대로 하고 싶었다.

정석대로!

"진표 형, 이 정도면 되지 않을까요?"

그 말을 문 과장이 이어받았다.

"그러니께. 지금 말씀이 뭐냐믄, 소장이 시치미 떼고 그런 적 없다. 증거를 대라고 오리발을 내밀면 이 필립이라는 사람이 떡하니 등장한다……. 뭐 이런 스토리지라?"

"네, 그렇죠."

진표가 말했다.

"될 것 같아. 이만큼 정황 증거가 있고, 필립 씨가 확실하게만 우리 편이라면."

"네, 적어도 엉뚱한 곳을 뒤집느라 현장을 멈추지는 않겠죠."

보고는 이루어졌고, 현재는 발 빠르게 움직였다.

우리가 정리를 하려고 했다면 지지부진 시간을 끌었을 일을 일사천리로 해치웠다.

소장의 모가지가 날아가는 데는 만 하루도 걸리지 않았다.

어디선가 초빙한 석재 전문가를 대동했다.

"이 돌은 중국산이 맞네."

소장이 손을 쓰고 어쩌고 할 시간 따위는 존재하지 않았다.

기획실장의 신조가 '귀찮은 일은 최대한 빨리'가 아닐까 싶을 정도였다.

나는 그 공을 진표 형과 문 과장에게 돌렸다.

진표 형은 대리에서 과장으로 승진을 했다.

감리를 철저히 했다는 공으로 말이다.

문 과장은 소장의 빈자리를 꿰차고 앉았다.

이제는 더 이상 그의 법인카드 사용 건으로 딴죽을 걸 사람은 없을 것이다.

진표가 물었다.

"이번 사건은 네가 거의 다 해결한 것 같은데, 아이디어도 네가 내고."

"그랑께 말요. 내 말이 그 말 아니요. 미안혀서 어쩌믄 좋으까이."

나는 한 교수에게 칭찬을 들었다. 약만 올랐지만 말이다.

"성훈아, 한 건 했다면서? 얘기 들었다. 수고했어. 상여금 들어온 거 반땡해서 네 통장에 넣었다 확인해 봐라."

그러면서 말을 이었다.

"역시 넌 체질이야. 체질! 계속 수고해."

두 사람에게 말했다. 최대한 겸손한 모습으로.

"나는 진표 형과 문 과장님하고 인연을 맺은 것으로 만족해요."

"아이고. 이거 어부지리로 현장소장이 되야부렀네. 술이나 한잔하러 가실라우?"

"성훈이 덕분에 나 과장 달았다. 내가 살 테니 가자."

"그라믄, 내가 쏘면 되겠네. 요고 보이시지라!"

문 과장이 황금색으로 빛나는 법인카드를 꺼내 들고 흔들었다.

"아, 거시기. 소장 그눔 주머니에 있던 거를 내가 얼른 주워 들었지라! 하하하."

겁나게 발 빠른 처세술이 아닐 수 없었다.

어쩨 그 난리 통 와중에 그걸 꺼내 들 수 있었을까?

'어디 가서 눈치 없다고 맞을 위인은 아니네. 오소리 쫓아내고, 불여우를 앉힌 건 아닐까 몰라!'

나도 따라 웃고 진표 형도 같이 웃었다.

'그럴 일은 없기를 바라야겠지.'

어차피 내가 주인공이 된다고 해서 얻을 것은 없었다.

나는 이들이 내 백그라운드가 되어줄 사람이었으면 했다.

진표 형은 전생에서부터 나를 좋아했었고, 내가 서울로 올라가기 전까지 작게나마 힘이 되었던 사람이다.

하지만 나는 그에게 해준 것이 아무것도 없었다.

그리고 앞으로도 건축사 사무실을 열면서 나름 울산에서는 승승장구를 할 사람이었다.

만약 뒤를 받쳐줄 배경이 있었다면 그는 더 크게 되었을지도 모른다.

이번 생에서는 배경으로는 작을지 모르지만 내가 그 역할을 하고 싶었다.

도움을 받았으면 갚을 줄도 알아야 하는 법이다.

'일단은 이걸로 작은 빚을 갚은 셈 치자고요. 진표 형. 앞으로 엄청 벗겨 먹을 테니, 각오하라고요.'

문 과장은 사람이 깔끔했다.

적어도 건축으로 장난을 칠 사람은 아니었다.

법인카드로 술을 마실지언정 자신의 재량껏 마실 줄 아는 사람이었다.

현장에 필요한 자재에 손을 대는 욕심이 과한 사람이 아니었다.

문 과장은 이 현장이 끝나고 나면 다시 전라도로 돌아갈지도 모르겠다.

하지만 그때는 공사과장이 아니라 소장으로 승진되어 갈 것이다.

경상도 사람인 내가 전라도 사람과 연을 이어두는 것도 나쁘지 않은 선택이었다.

멀지 않은 거리이고 좁은 나라임에도 불구하고, 아직도 지역 간의 거리는 멀었다.

지금의 내 판단이 반드시 옳다고 할 수도 없고 미래는 바뀔 수도 있지만 적어도 지금 내 눈에는 그랬다.

'과장님도 각오하세요. 이 현장이 끝날 때까지 부려 먹어 줄 테니!'

나는…….

이 기숙사 현장이 내 인생에서 첫 번째 현장이었다.

멋있게 완성시켜 보고 싶었다. 맨 처음 설계의 단계에서부터 내 손을 거쳤고, 내가 설계자다.

나는 아직도 현장을 잘 모른다. 솔직히 말하면 아무것도 모른다.

전생에서 특판 가구 일을 하면서 알고 있던 일들은 말 그대로 수박 겉핥기였다.

배워야 할 것은 많았고, 시도해 볼 것들도 많았다.

이 현장이 내게는 연습장이고, 첫 번째 작품이 될 것이다.

이 신성한 나의 현장에서 장난치는 것들은 절대로 용서할 수 없다.

설령 그것이 신이라고 해도 말이다.

16장
도산 건축 소장

사무실에 들어서니 진표가 물었다.

"성훈아, 네가 우리 현장 조감도 그렸다면서?"

"네."

"와! 난 감쪽같이 몰랐다. 야, 그런 기술이 있었냐?"

"헤헤헤."

나는 멋쩍게 뒤통수를 긁었다.

과거 진표와의 첫 인연도 투시도로 이어졌었다.

그때만 해도 나름 새로운 기술이었으니 나를 꽤나 대우해 줬었다.

사실 정신연령으로 따지자면 지금의 내가 훨씬 많아 이런 행동이 어색한 게 마땅하지만 진표 형은 그때도 형이었고,

지금도 형이었다.

"뭐, 이것저것 공부 좀 했었어요. 먹고살아야죠."

"아우지만 존경스럽다."

진표의 의도가 궁금했다.

"그런데 왜 갑자기 그 이야기를 꺼내시는 거예요?"

"우리 사무실에서 초등학교 현상설계를 하거든. 거기 네가 좀 도와줬으면 해서."

"그래요?"

IMF가 지나고 경기가 많이 죽자 경기부양책의 하나였는지는 몰라도 초등학교를 많이 지었다.

실제로 많이 낡기도 했었고, 마침 좋은 기회가 왔으니 일거리를 늘리자는 의도였을 것이다.

울산의 초등학교들은 이때를 기점으로 많이 지어졌고, 디자인 또한 많이 좋아졌다.

사각의 박스로 지을 것 같으면 뭐하러 현상설계를 하겠는가? 현상설계를 하는데, 누가 사각 박스를 들고 등장할 텐가?

당연히 설계의 수준이 높아질 수밖에 없었다.

"하지만 현장이……."

"네가 뭐 상주 감리도 아니고, 고문 대리로 와 있는 건데 어때. 그리고 문과…… 아니, 문 소장님이 또 공사는 한칼 하시잖냐?"

그의 말도 일리가 있는 것이, 문 소장은 일을 잘했다.

말하는 거, 생긴 거는 덜렁덜렁 해도, 일머리를 잘 알았고, 마무리는 자신이 꼭 확인을 하는 타입이었다.

"그런 사람 앞에 놓고 농땡이를 부리다가는 작살이 나겠죠."

"그래, 소장이 빠꼼인데, 직원들이 대충하겠니? 현장 분위기 많이 바뀌었다. 걱정 안 해도 돼."

"그럴까요?"

"그럴래? 그럼 우리 소장님한테 말해놓는다."

아! 생각났다. 누군지?

도산 건축사 사무소! 말발 좋은 그 소장!

급히 전화기를 드는 진표의 팔목을 잡았다.

"형, 잠깐만요!"

"응? 왜?"

"일단 계약서부터 쓰고요."

"그거야 당연한 거지."

'당연한 거죠. 금액과 마감 일자만 적겠죠. 날 맘대로 부릴 수 있도록!'

도산 소장은 만만치 않은 사람이었다.

그에 대해 기억나는 것이 있다면 사람을 잘 후려친다는 것이다.

물론 진짜로 친다는 것이 아니라, 말발로 사람을 부린다는 것!

어설프게 계약서를 작성했다가는 사람이 폐인이 되어서 나온다.

물론 돈으로 장난치지는 않지만 일로 사람을 말려 죽인다. 절대로 손해를 안 본다는 것이다.

만약 500만 원을 지급했으면 그 금액 이상 혹은 더블로 사람을 부려 먹었었다.

전생에서 소장과 처음 일했을 때가 기억났다.

"성훈 학생, 투시도 좀 할 줄 안다면서."

"예, 소장님."

"이번에 우리 사무실에서 초등학교 현상설계에 참가한다네. 같이 일해 봤으면 하는데. 생각 있나?"

그때 내가 좀 머뭇거렸었다.

그때까지만 해도, 나는 현상설계라는 것을 한 번도 해본 적이 없었다.

그는 어린 나를 격려하며 자신감을 북돋아 주었었다.

"현상설계, 그거 막상 해보면 아무것도 아니야. 일도 배우고 돈도 벌고 얼마나 좋아."

"저…… 한 번도 해본 적이 없어서 괜히 폐만 끼칠까 걱정됩니다."

그는 내가 망설임을 끝내게끔 큰 액수를 불렀었다.

"300만 원 줄게. 우리 한번 멋지게 해보자."

'억!'

그 당시 학생에게 300만 원이라는 돈은 어마어마한 액수였다. 한 학기 등록금보다도 더 큰 액수였으니까.

눈이 동그래서 쳐다보자 그가 넉넉한 웃음을 보이며 말했었다.

"처음이니까 그래. 자넨 그럴 정도 실력이 있어. 다음에는 좀 더 줄 정도로 실력을 키워봐!"

내 마음을 다독거리며 나를 치켜세워줬다.

계약을 한 다음 날, 그에게서 전화가 왔다.

아직 현상설계 마감 날이 일주일이나 남아 있었다.

―설계안이 거의 나왔는데, 한번 보지 그래. 내용을 알아야 그리기 편하지 않겠어?

"네, 알겠습니다. 소장님!"

그는 내가 알고 있는 최고의 고객이었고, 나는 초짜 투시도 디자이너였다.

설계안에 대한 이런저런 설명이 오갔다.

―어떤 건지 이해했지? 한번 그려봐. 그래야 뭐가 잘못되

었는지 알 거 아니겠어?

사람들이 퇴근하고, 소장도 퇴근하고, 텅 빈 사무실에서 나 혼자서 열심히 그렸었다. 밤을 새워가면서.

그 시절의 나는 순진했었다.

다음 날 아침, 모니터에 모델링한 것들을 띄워 놓고, 실제 도면과 다른 곳이 없는지 소장과 함께 점검했다.

"역시 잘하네. 믿고 맡긴 보람이 있네."

칭찬을 받은 나는 뿌듯함을 느꼈다.

소장처럼 경력 있는 사람에게 인정받는다는 것이 학생에게 가능한 일이던가?

밤샘의 피곤함이 순식간에 날아갔고, 다시 다른 부분의 작업에 몰두했다.

다음 날 오후.

소장의 목소리가 들렸다. 평소보다 한 옥타브가 높았다.

"야! 이거 꼭 변경해야 되는 거야?"

"네, 설계 규준에 맞추려면 꼭 해야 되는 겁니다. 소장님."

진표의 주눅 든 목소리가 들렸다.

그가 나를 찾아내서 이 일을 하게 되었고, 그런 이유로 당시 진표에게 호감이 있었다.

"미친놈아! 그 중요한 걸 지금 말하면 어떻게 해? 네가 가서 말해, 병신 새끼야."

책상을 내려치는 소리가 들렸다.

잠시 후, 진표가 내게 와서 말했다.

"성훈아, 이거하고 이거 좀 변경됐는데, 수정 가능하겠냐?"

사실 짜증이 났다.

일 중에 가장 하기 싫은 것은 한 번 했던 일을 또 하는 거다.

기껏 만들어 놓은 것을 변경한다는 것도 귀찮은 일이었지만, 이제는 모델링하는 개체 수가 많아져서 내가 만들면서도 헷갈리는 지경이었다.

잠시만 정신을 놓으면 뭐가 뭔지 알아볼 수 없을 정도였으니.

'아씨, 피곤해 죽겠네. 이틀 동안 잠도 제대로 못 잤는데.'

그래도 안면이 있는 사람이 부탁을 하는데, 마냥 거절을 할 수가 없어서 그러겠다고 했었다.

작업이 길어지자 도저히 피곤해서 견딜 수가 없었다.

사흘 동안 잠잔 거라고는 책상에 엎드려서 잠깐 쪽잠 잔 것밖에 없었다.

"소장님, 저 잠 좀 자고 올게요. 도저히 안 되겠어요."

소장은 내 말에 인상을 썼지만 나의 피폐한 모습을 보고는 그도 어쩔 수가 없었던 모양이다.

"그래, 미안하다. 그래도 어쩌냐? 일인데 끝내야지. 조금만 더 고생하자."

그가 내 어깨를 두드리며 격려를 했었다.

그의 격려를 받으며 나는 집으로 돌아갔고, 잠시나마 단잠을 잘 수가 있었다.

곤히 잠들었던 나는 전화벨 소리에 눈을 떴다.

다급한 목소리에 제대로 씻지도 못하고 사무실로 갔더니 분위기가 험악했다.

자리로 가는 동안 소장의 매서운 눈초리가 느껴졌다.

진표에게 슬며시 다가가서 물었다.

"서 대리님, 사무실 분위기 왜 이래요? 누가 사고 쳤어요?"

그때 진표의 원망스러운 눈빛이란…….

나에게만 들리게 작은 목소리로 말했다.

"너! 왜 그렇게 전화를 안 받아?"

'그럼 사흘 밤새우고, 멀쩡한 사람이 어디 있겠냐?'

한마디 받아치고 싶었지만 워낙 살벌한 분위기라 아무 말 못 하고 자리에 앉았다.

그 뒤의 일들은 지금까지 한 일들의 연장이었다.

열심히 투시도 모델링을 한다. 그리고 소장에게 혹은 진표에게 보여준다.

얼마간의 시간이 지나면 또 무언가를 핑계로 설계 변경이 이뤄진다.

그 이유 또한 명확하다.

사실 건축을 정확히 모르는 학생의 입장에서 명확하다고 생각할 뿐이었지만.

설계의 규정이 그렇다. 라고 하면 그런 것이다.

'그럼! 처음부터 제대로 할 것이지. 사람 골탕 먹이듯이 이게 뭐냐!'

항의를 할 법하지만 현상설계란 새로운 게임을 시작하는 것과 같다.

매번 새로운 발주처에서 다른 요구사항을 들고 나와서 이렇게 선언한다.

"우리는 이런 건물을 원하고, 이런 조건이 있으니까, 이 기준에 맞는 것을 만들어 오시오!"

관청이 원하는 바가 다르고, 공장이 원하는 건물도 다르고, 사옥, 학교 등등.

동일한 기준을 가진 현상설계는 없다고 봐도 무방할 것이다.

그때부터 거금이 걸린 레이스가 시작되고, 건축설계 사무소들의 경합에 불이 붙는다.

소장이 내 어깨를 두드리며 말했었다.

직원들에게는 폭언을 일삼지만 나에게만큼은 그러지 않았다.

"성훈아, 현상설계가 원래 이렇게 힘든 거야."

'밤새우는 게? 아니면 매번 수정 작업을 하는 게?'

욱한 감정이 치밀어 올랐다.

내 느낌엔 나에게만 그런 것 같았다.

사무소의 직원들도 오늘부터 밤을 새우며 작업을 하고 있다.

이제 마감이 이틀밖에 남지 않았으니까.

밤을 낮처럼 사용하며 토론에 열을 올리고, 도면 변경하는 키보드 소리가 요란하다.

모두 눈에 불을 켜고 일을 하고 있었다.

'젠장. 난 이걸 닷새 전부터 하고 있었다고!'

지금 내 옆에는 간이침대가 놓여 있다.

피곤할 때는 언제나 누워 자라는 소장의 '작은 배려'였다.

물론 한 시간도 지나기 전에 진표가 나를 흔들어 깨웠다.

내가 눈을 비비며 일어나면 그가 하는 말은 항상 한 가지였다.

"성훈아, 진짜 진짜 미안한데……."

'진짜 진짜 미안하면 한 시간이라도 제대로 자게 해주든가요! 제대로 한숨을 못 자게 하네. 젠장.'

"왜요. 또 뭔데요?"

짜증을 꾹 누르면서 말하면 그는 매번 같은 말을 했다.

"이거 좀 수정하자. 좀 있다가 소장님 들어올 때까지 해 놓으란다."

'아오! 씨발. 진짜.'

욕이 절로 나왔다.

밥 먹으러 나가본 지가 언젠지 기억도 안 났다.

내 밥은 항상 도시락이었다. 자기네들 식사하면서 내 거라고 챙겨온 도시락!

사무실 식구들의 배려였다. 배곯으면서 일하지는 말라는.

배려가 지나치면 감금이 된다. 사람을 말려 죽인다.

화장실 갈 때도 은연중에 눈치를 봐야만 했다.

'왜! 아예 요강이라도 갖다놓지! 씨발!'

난 항상 책상에 붙어서 투시도를 만들어야 했다.

그렇게 도산 소장은 나를 폭발하기 직전까지 몰아붙였다.

"내가 무슨 기계도 아니고! 나는 잠도 안 잡니까?"

정말 이렇게 말하기 직전까지.

머릿속이 부글부글 끓고 있었다.

'건드리기만 해 봐라. 돈이고 뭐고, 컴퓨터 때려 부숴 버린다. 다 때려칠란다!'

이 생각밖에 없었다.

인상을 빡 쓰고 일하고 있을 때, 소장이 정말 안쓰러운 목소리로 말했었다.

"성훈아, 조금만 더 참자. 이거 당선되면, 내가 100만 원 더 줄게. 네가 고생한 거 뻔히 아는데 내가 그냥 넘어갈 사람이냐? 응. 조금만 더 참자."

생각해 보라.

이틀만 더 고생해서 좋은 결과를 만들어 내면 100만 원을 더 받는데! 없는 힘이라도 짜내야 될 타이밍이 아닌가?

그렇게 남은 이틀 동안, 나는 기계처럼 투시도를 뽑아냈다.

시키면 시키는 대로, 하라면 하라는 대로.

사실 저항할 의지도 없었다.

그냥 빨리 끝내고 잠을 자고 싶었을 뿐이었다.

나를 하얗게 불태웠을 때는 이미 패널 작업이 끝나 있었고, 소장과 진표는 그 파일을 들고 인쇄소를 향해 달렸다.

그 뒤의 기억이 나는 없다. 완전히 필름이 끊어졌으니까.

결과만 말하자면 도산 소장은 자신의 임무를 충분히 해냈다.

당당하게 당선을 거머쥐었고, 나에게도 100만 원의 상여금을 포함한 400만 원을 건넸다.

그는 약속을 지키는 사람이었고, 사람의 마음을 적절하게 잘 보듬을 줄 아는 사람이었다.

물론 현상설계 당선 상금에 비하면 보잘것없는 금액임이 분명하지만, 내게는 아주 큰돈이었다.

그 시절 나는 그 일을 하면서 학생 신분으로 돈을 좀 벌었었다.

물론 지금과는 달리 3학년 때부터 시작되었던 것이며, 일 년마다 약 대여섯 건 정도의 현상설계를 했었다.

그리고 나는 연 삼천 정도 벌었던 것으로 기억한다.

나는 이런 상황이 계속될 것으로 생각했었고, 돈을 쓰는 것에 거리낌이 없었다.

부모님이 진 빚은 부모님이 갚는 것이었고, 나는 내가 벌어서 쓴다고 생각하는 아주 나쁜 놈이었다.

그리고 소장이 어떤 사람인지는 나중에 알았다.

서울로 올라가기 전, 진표와 술 한잔하면서 물었었다.

지나간 일들은 추억거리가 될 뿐이니까.

"형, 일 좀 제대로 하시죠. 형 때문에 제가 얼마나 힘들었는지 알아요? 그땐 형이 미워 죽는 줄 알았어요. 하하."

"아, 그거. 많이 섭섭했지? 사실은 소장님이 시킨 거야."

"네? 왜요?"

"이제 우리 일 안 하니까 말하는 거지만. 다 소장님이 시킨 거다. 설계 변경한 것들."

"형이 잘못한 거 아니에요? 그럼 그때, 변경 안 해도 됐었던 거네요?"

"그래, 몇 차례 변경했다가 다시 원안대로 돌아갔었잖아.

사실 변경할 필요도 없었던 거지. 우린들 그렇게 하고 싶었겠냐?"

일이 늘어나는 것을 좋아하는 직원들은 없으니까.

"네, 내 말이 그 말이에요. 그냥 처음 안으로 갈 걸 뭐하러 그렇게 사람을 고생시켰는지?"

"저러다가 애 과로사하겠다고 말려도 소장이 말을 들어야 말이지. 우리가 무슨 힘 있냐? 말단 직원이?"

"왜 그랬대요?"

"모르지. 돈이 아까웠던 건지, 이왕 돈은 주기로 약속했으니 본전이나 다 빼먹자. 뭐 이런 거?"

"그런데 왜 맨날 형이 와서 이야기한 거예요?"

"소장 자기는 나쁜 사람 되기 싫으니까. 자기 직원 아닌 사람들한테는 욕도 안 한다. 그 인간!"

"하지만 그때 형 엄청 욕먹었잖아요."

"너 보라고 일부러 갈구는 척했던 거지. 물론 나도 기분은 나빴지만 어쩌겠냐?"

"왜 하필 형한테만 그랬는데요?"

"난 너랑 좀 친하니까, 내가 힘들어진다 싶으면 니가 웬만하면 참을 거라는 계산도 있었고."

돌이켜 보니 듣기 좋은 말은 항상 소장이 했었다. 당선되면 돈을 더 주겠다는 말도 그랬고.

그리고 어려운 부탁은 항상 진표가 맡았었다.

나는 진표가 좋은 사람이란 것을 알기에 그의 부탁이 힘들어도 참았던 건데, 그게 사실은 소장의 작전이었다니.

'나한테 주는 돈이 그렇게 아까웠냐! 그래서 일부러 고생시킨 거고?'

현상설계 건으로 계약을 했었으니, 그 시간 동안 최선을 다해서 투시도를 만들어 주는 것이 맞다.

그리고 더 좋은 결과물을 위해 노력하는 소장이 잘못된 것이라고 말할 수도 없다.

딱히 시시비비를 가릴 것은 아니지만, 심정적으로 골수를 빼 먹힌 느낌이랄까?

사람이 지쳐 나가떨어지기 직전까지 일로 몰아붙이는 것이 과연 옳다고 말할 수 있을지는 모르겠다.

"형도 참 고생이 많겠네요. 얼른 벗어나셔야죠?"

"글쎄다. 내 이름으로 건축 사무소 차리기 전까지는 어렵지 않을까 싶다."

건축사 시험에는 경력 조건이 필요하다.

그 조건을 채우기 위해서 진표는 자신의 '열정페이'를 지불하고 있었다.

지독시리 짠 월급에 열악한 근무 조건, 소장의 폭언!

그것을 견디는 단 하나의 이유는 자신이 직접 건축사 사무소를 열기 위해서였다.

학교를 졸업하고, 풍운의 꿈을 안고 서울에 올라왔을 때, 내가 우물 안 개구리라는 것을 깨달았다.

그 큰 서울 땅에 얼마나 많은 경쟁자가 있었던지.

피 말리며 고군분투를 하는 사이, 일 년이 지났다.

울산으로 내려갈까 마음먹었을 때는 이미 다른 투시도 업체들이 뿌리를 박고 있었다.

내 첫 번째 사업은 용두사미로 마감되었다.

그리고 나는 가구회사에 취직을 했었다.

투시도 일은 엄밀히 말하면 건축 설계가 아니다.

그저 설계안을 눈으로 보기 편하게 영상으로 구현시키는 것일 뿐이다.

그 시절에는 이것을 업으로 삼으려 했었지만 지금의 나는 그럴 생각이 없었다.

내가 지나왔던 길이기에, 이 일에 종사하는 사람들의 고충을 너무나 잘 알고 있다.

그 자부심 또한 누구보다도 잘 알지만, 현실과 그 대우는 조금 다르다.

스스로 주도할 수 있는 것은 하나도 없었고, 모두 다른 사람이 원하는 대로 만들어 내는 것뿐이다.

설계자의 시간을 단축시켜 주는 많은 손 중의 하나였고,

그나마도 그 손을 대체하려는 자는 많았다.

좀 더 시간이 지나면 많은 사람이 뛰어들어 각축을 벌일 작은 파이일 뿐이었다.

내가 원하는 건축의 길과는 거리가 먼…….

지금 나는 그 소장을 만나러 간다.

전생의 나와는 조금 달라진 상황에서.

🍂

"안녕하세요, 소장님"

"오, 성훈 학생이구만. 서 과장한테 연락 받았네."

소장은 처음 보는 내게 사람 좋은 웃음을 건넸다. 그의 트레이드 마크였다.

그는 절대로 손해를 보는 사람이 아니다.

그 당시의 돈은 내게는 큰 금액이었지만 나중에 내가 서울로 올라간 뒤, 단가가 팍 오른 것으로 봐서는 절대적으로 작은 금액이었던 것이다. 멋모르는 내가 잘 저렴하게 해줬을 뿐.

처음의 300이었던 금액이, 졸업할 때 즈음에는 800 정도 올라 있었던 것이 그것을 증명한다.

내가 야금야금 올린 것도 있겠지만 그렇게 주고도 남음이 있었다는 말이 아니겠는가?

'손해를 보면서 거래를 할 사람이 아니지. 절대로!'

그리고 또 하나를 되뇌었다.

'여차할 경우에는 안 해도 돼. 할 곳은 많아.'

그럼에도 이 사람에게 얻어야 할 절실한 것 하나가 있었다.

'이 사람은 임기응변이 탁월하고, 사람을 잘 설득했었다.'

내가 그리스에서 그렇게 말할 수 있었던 것은, 전생에서 이 사람이 심사위원들을 어떻게 설득하는지를 보면서 느낀 점이 많았기 때문이기도 했다.

다시 곰곰이 생각을 해봐도 그의 설계는 분명히 탁월하지 않았다.

다른 건축사들의 설계안들과 비교했을 때, 모두 고만고만 했었다는 표현이 적절할 것이다.

하지만 소장은 자신만만한 태도로 내게 말했었다.

'성훈아, 누군가에게 설명을 한다는 건 그 사람을 설득한다는 거야. 도면 설명만 할 거면 굳이 내가 직접 저 자리에 설 이유가 없잖아! 안 그러냐?'

그는 찰나의 승부사였으며, 심사위원들의 마음을 파고들 줄 알았다.

예전의 그날, 소장은 자신이 말한 누군가를 교묘히 설득했고, 당당히 당선을 따냈었다.

'당선의 달인!'

나는 그를 그렇게 기억하고 있었다.

그는 어떻게 해야 당선이 되는지 아는 사람이었고, 나는 그 장면을 직접 보고 싶었다.

'어떤 식으로 심사위원들에게 자신을 어필하는지 보고 싶어.'

나도 나중에 누군가와 현상설계로 경쟁을 붙게 될 것이다.

그들의 방식을 모른다면 설계를 아무리 잘해도 제대로 된 승부를 낼 수가 없다.

선으로 된 도면을 공간으로 설명하고, 아름다운 디자인이 어떤 효과를 낼 것인지.

하나하나 심사위원들에게 설명할 수 있어야 내 건축설계를 그들에게 납득시킬 수 있을 것이다.

신정동에 있는 아직은 작은 사무실이었다.

나와 함께 초등학교를 비롯한 현상설계를 몇 번을 성공시키면서 성장과 발전을 거듭했었다.

"성훈 학생, 투시도 한 걸 봤는데, 실력이 좀 있더구만. 허허."

'소장님, 대단하다고 하셔야죠.'

일부러 실력을 낮춰 보다니, 초장부터 기선을 잡으려는 건가?

사회 경험을 바탕으로 나를 누르려는 것 같았다.

"네, 뭐. 그냥저냥 하는 거죠."

"그런 것치고는 실력이 있어 보이길래, 이번에 도움을 좀 받을까 하는데. 어때?"

난 그때처럼 절박하지도, 갈급하지도 않았다.

'제시해 보세요, 소장님!'

이번에는 어떤 조건을 제시할까 궁금했었다.

"네, 좋습니다. 조건만 맞다면요."

예전처럼 예예 하는 순간, 바닥을 드러내는 것이나 마찬가지였다.

저 사람 좋아 보이는 얼굴에 넘어가면, 그 뒤로 휘둘리는 것은 순식간일 테니.

그는 예상을 벗어나는 나의 말에 별로 기분이 좋지 않은 듯했다.

"조건이라. 어린 학생이 벌써부터 조건을 따지나. 열정이 중요하지. 허허."

그는 젊은 나에게 열정을 강요하고 있었다.

'전생에는 '열정페이'라는 말이 존재했었지.'

아직은 생겨나지 않은 말이다.

돈이 적어도, 자신의 능력만큼 대우를 받지 못해도 일을 배울 수만 있다면, 경력만 쌓을 수 있다면 열정을 다해서 일하는 것을 말한다. 금전적 대우와 상관없이!

젊고 재능 있는 친구들이 유명인 혹은 능력 있는 장인의 아래에서 일을 배울 때 써먹는 방법이며, 한편으로는 공공연히 행해지는 방식이었다.

인정한다. 그것이 자신들의 선택이며, 자신의 앞길을 위한 결단일 테니.

하지만 나는 전혀 그럴 마음이 없었다.

나는 인간의 재능에는 한계가 있다고 생각한다.

처음 시작하는 일은 열정이 넘치며 새로운 아이디어가 넘쳐난다.

새로운 세상을 만나서 뇌가 충격을 받았고, 그 충격으로 기존에 생각하지 못했던 개념들이 도출되는 것이다.

대부분의 젊은이는 그것이 자신의 재능이라고 생각하고, 그것을 갈고닦으면 더 좋은 것이 나올 것이라 생각한다.

다만 한 가지 안타까운 것은 그 재능이 '끝없이 솟아나는 샘'일 거라는 착각을 한다는 것이다.

그 과정에서 달인들과 함께한다면 더 좋은 가르침을 받을 것이라 생각하는 것이다.

젊은이들만의 패기이며, 그들만이 하는 성급한 판단이다.

창조의 영감은 옅어지고 젊음의 패기가 흐려질 때, 비로소 그때의 열정들이 얼마나 가치 있는 것들인지 깨닫게 된다.

되돌릴 수 없는 시간들이 얼마나 소중했었는지 느끼게 된다.

대다수의 경우에는 자신의 재능을 갈고닦는 것에만 집중해서 그 가치를 평가절하 하는 오류를 범한다.

그렇게 뽑아낸 창조적인 개념을 갈아낼 능력이 되지는 않는다.

어떻게 하면 그것을 완성시킬까 고민하고 있는데, 마침 옆에 그 단계를 지나온 달인들이 있다.

달인들은 그것이 얼마나 가치 있는지를 안다. 그리고 더 무서운 것은 그것이 '그때에만' 나온다는 것을 안다.

하지만 그들은 사실대로 말하지 않는다.

근엄한 말로 구슬린다.

"너는 가능성이 있어. 내가 널 키워줄게."

"이걸로는 부족해. 좀 더 손봐 와라."

"작품은 좋지만 네 이름만 가지고는 그 가치를 인정받지 못해."

"나와 합작했다고 하면 그 가치가 더 올라갈 거야."

이 정도면 양반이라고 하겠다.

더 심한 경우는 아예 가로채 버린다.

"네가 했으면 이 정도 예술품이 나왔겠어? 나니까 이 정도로 가공할 수 있는 거야."

"네가 뭘 안다고 떠들어? 감히 버르장머리 없이. 일을 가르쳐 주는 것만 해도 어딘데! 필요 없으니 꺼져!"

나는 열정페이라는 말을 좋아하지 않는다.

내게 일을 가르치던 사람들이 말했었다.

지금이라면 이렇게 대꾸할 것이다.

"너는 아직 젊어. 기회가 많아."

−어쩌라고! 그 기회 몽땅 너한테 올인 하라고?

"넌 일을 배워야 해. 돈에 욕심을 내면 안 돼!"

−돈 안 받고 무료 봉사 하라고?

"넌 재능이 있어, 내가 키워 줄게."

−재능 빼먹지나 마라.

내 경험에 비춰 봤을 때, 재능은 샘솟는 우물이 아니었다.

스스로의 노력으로 혹은 자신의 역량으로 만들어낸 사막의 오아시스다.

물길이 막히고, 사방이 모래인 사막 한가운데의 오아시스.

꼭 재능을 말하지 않더라도, 젊음의 시간 그 자체가 오아시스다.

일을 배우기 위해 청춘과 정열을 불사르고 나면 남은 것은 폐허가 된 몸과 공허해진 머리다.

유명세와 그들이 이뤄놓은 결과에만 집착할 것이 아니라 사람에 포커스를 맞추는 것이 훨씬 현명하지 않을까?

과연 이 사람은 나를 잘 키워 줄 수 있을 것인가? 나에 대한 마음이 진심인가?

정말 이 사람이 내 디딤돌이 되어줄 사람인가를 보는 것이 수만 배 중요하다.

허울뿐인 명성을 가진 유명인을 좇는 것보다는.

어차피 그 명성은 자신의 것이 되지 못할 테니.

지금 소장은 그 열정페이를 말하고 있었다.

'그건 당신 생각이고, 난 내 생각이 있다고.'

소장은 바로 본론으로 들어가지 않았다.

사회생활이 짧은 젊은이들은 잘 알지 못할 경제 이야기, 정치 이야기 등등을 5분 동안 말했다.

"요즘 IMF 후에 얼마나 먹고 살기 힘든지 아나? 이럴 때 일수록 젊은이들의 열정이 필요한 거야!"

'시간을 끌면서 나를 불편하게 하려는 의도인가? 사회를 당신이 더 잘 아니, 당신 말을 따라라?'

속으로 코웃음을 쳤다. 나는 눈앞의 소장이 어떤 사람인지 잘 알고 있었다. 전생의 경험으로.

'이 유려한 입심에 얼마나 휘둘렸던가!'

말이 길어질 것 같아서 가져온 포트폴리오를 내밀었다.

예전 현재에 제출했었던 지금 짓고 있는 기숙사의 조감도와 투시도였다.

"이걸 보시고 저와 하시려는 마음이 드셨다고요."

"크흠, 그러네."

그가 제시하지 않으니 내가 제시할 수밖에.

"단도직입적으로 말씀드리겠습니다. 이거 900 받았습니다."

하려면 하고, 말려면 말아라. 대신 기준은 그 선에서 맞춰라.

대놓고 얘기하는 것과 별반 차이가 없었다.

잠시 그의 얼굴이 굳어졌다.

내가 무슨 말을 하려는 것인지 대번 눈치를 챈 것이다.

'건방지다고 생각하시겠죠. 써 주겠다는 데 이리 나오니.'

"어험! 자네가 시세를 잘 모르는 모양인데, 현상설계는 투시도 몇 컷으로 계산하지 않아. 건당으로 계산하지."

"네, 그건 이미 알고 있습니다. 이것도 한 건으로 계산한 겁니다."

어차피 그의 선택지는 많았다.

서울의 투시도 사무실과 일을 하면 된다.

파일을 보내고, 그쪽에서 투시도를 그려서 보내주면 점검해서 다시 수정할 것 보내주고.

'시간은 시간대로 낭비되고, 일은 잘 진행되지 않지. 그 사람들이 내려와서 일을 봐줄 리도 만무하고.'

일하는 방식이야 소장보다 내가 더 빠삭하지 않겠는가?

"허, 너무 금액이 큰데?"

그가 고민하는 모습을 보였다.

난 아쉬울 것이 없었다.

"그럼 다음에 또 좋은 기회가 생기겠죠."

미련을 접었다. 그와 경쟁할 다른 건축사들과 일을 해도 그의 변론을 볼 수 있을 것이다.

내 작품이 당선될지는 미지수로 남겠지만.

인사를 하며 일어섰다.

그러나 그도 만만치 않았다. 재빨리 계산을 마친 모양이었다.

다음에 또 이런 자리를 만들게 되면 금액은 더 올라갈 것이다.

내가 꼭 필요하다고 직접적으로 말하는 것과 같으니까.

자신의 간절함을 상대에게 알리는 거니까!

러브콜은 더 사랑하는 사람이 보내는 것이고, 우물은 목마른 자가 파는 거다.

"역시 젊은 사람이라 결정이 빠르구만. 난 긍정적으로 생각하고 있었는데."

소장이 너스레를 떨며 웃는 얼굴로 나를 바라보았다.

"죄송합니다. 경솔했습니다. 이미 결정을 하신 것처럼 보여서요."

가만히 서서 그의 결정을 종용했다.

"일단 앉게나."

나이 든 사람을 상대로 갑질한다고? 버르장머리 없다고?

그건 돈 가지고 갑질하는 걸 못 봐서 그런 거다.

돈 갑질이 훨씬 더 치사하고 더럽다. 그리고 저항할 방법도 없다. 이 정도는 양호한 거다.

필요한 거 서로 나누자고 했는데, 그게 결렬되어서 일어났는데, 여기 갑질이 어디 있나?

그냥 조건이 안 맞을 것뿐이지.

예전의 인연을 생각해서 앉았다.

'당신 덕에 한동안 풍족하게 살았었지.'

나는 절대로 내가 먼저 말을 꺼내지 않을 생각이었다.

내가 먼저 사정을 봐줄 이유가 없었다.

그 순간 주도권을 채갈 사람이었으니까.

"사실은 말이야. 우리 사무실이 그렇게 크지가 않아. 이번 현상설계를 기회로 좀 키울까 하는데, 도와줄 사람이 필요해."

무슨 말을 하려는지 가만히 듣고 있었다.

그가 말을 이었다.

앓는 소리를 늘어놓고 있었다.

"내가 돈이 많으면 얼마나 많겠나?"

나와는 아무 상관도 없는 그의 사정을 늘어놨다.

동정심에 호소를 하는 것이다.

내가 보는 소장은 지극한 갑이었다. 그에게 갑은 원 발주처밖에 없었다. 그리고 꼭 써야 할 곳은 쓰지만 가급적이면 쓰지 않는 구두쇠였다.

"우리 서 과장하고도 많이 친한 모양이던데?"

"진표 형 얘기는 꺼내지 마시죠. 아무 상관도 없는데요."

'예전에도 그러더니, 진표 형을 미끼로 겁주는 거냐? 흥. 진표 형이 갈 데 없을까 봐?'

울산 바닥이 전부라고 알면 크나큰 오산이다.

울산에서는 방귀 꽤나 뀔지 몰라도, 서울 올라가면 숨도 제대로 못 쉴 텐데 말이다.

나는 그걸 너무 절실하게 겪었다.

말은 제주도로, 사람은 한양으로.

괜히 나온 말이 아니었다.

"큼! 그렇지. 내가 실언을 했네, 아무 상관도 없는데."

그는 얼른 자신의 말을 주워 담았다.

다급해지니 말을 마구 던지는 형세였다.

그는 원래 이런 사람이 아니었다.

느긋함과 중후함을 가장한 신사였다. 직원들에게는 마귀할멈이지만.

'정 약 올리고 싶으면 다른 데랑 하면 되지 뭐.'

금액 부르기를 망설이는 그에게 슬쩍 말을 던졌다.

"다른 건축사들도 그 현상설계에 참여하죠?"

당연한 말이다. 돈 냄새가 나는데, 침 흘리지 않으면 바보다.

"그렇지."

내가 무슨 말을 하려는지 탐색하듯 그가 나를 주시했다.

"저는 진표 형 때문에 소장님 만나러 온 겁니다."

내가 무슨 말을 하려는지 알았으리라.

아직 연락 온 곳은 없지만 뉘앙스를 뿌렸다.

다른 곳에서도 연락이 왔었다. '진표 때문에 온 거다'라는 분위기.

"고맙네. 서 과장이 일을 잘하는구만."

소장이 주머니에서 손수건을 꺼내서 이마를 닦았다.

아마 방금 미끄러질 뻔했네. 하는 느낌이 왔을 것이다. 아니면 똥 밟았다거나.

"소장님, 저는 이 이하는 못 받습니다."

'왜?' 하는 느낌의 얼굴로 나를 쳐다본다.

"그럼 현재에서 뭐라고 하겠습니까? 절 보고."

만만한 현재를 들이 밀었다.

'현재에 개길 용기가 있으면 덤비시든가!'

서울에서도 현재와 붙을 만한 곳이 손에 꼽는데, 울산에서는 말할 필요도 없었다.

"기획실장이 깎아 달라고 깎아 달라고 부탁하는 거. 이대로 다 받았습니다. 아니면 안 한다고요."

물론, 그건 한 교수가 한 거지만. 여기서 주체가 중요한 것은 아니지 않던가!

"끙."

그의 신음이 내게까지 들려왔다.

"조금이라도 더 받으면 현재에서도 뭐라고 하지 않지 않을까요? 똑같으면 기분 나빠하겠지만."

소장에게 뭔가 길이 보였나 보다. 얼굴이 밝아졌다.

나는 이내 말을 이었다.

"그렇다고 훨씬 많은 컷을 하면서도, 단가는 조금만 올려받으면 또 기분 나쁘겠죠."

"그건…… 그렇겠지."

인생사 역지사지!

입장 바꿔 생각하면 당연히 기분 나쁠 일이다.

"그래서 생각을 해 봤는데, 1,500 정도면 되지 않을까요?"

"억! 이 사람아, 그건……."

그가 깜짝 놀랄 거라고 예상했었다.

부릴 땐 개처럼 부리더라도, 돈만큼의 본전은 뽑을 사람이다.

그러나 나는 그의 예상을 뛰어넘은 액수를 불러 버렸다. 깎아 달라는 딴 소리를 못 하도록.

'여기서 말을 멈추면 소장이 포기할지도 몰라.'

"하지만 소장님! 사무실이 어려우시다는 이야기를 듣고 다 받을 수는 없겠죠."

"휴, 그렇지. 그 정도 융통성은 있어야지."

"그래서! 선금 1,000만 원, 당선되면 상여금 500만 원 추가! 어떻습니까? 대신 계약 기간 동안 상주하면서 일을 봐 드리죠."

나도 나름대로 약간의 양보를 했다.

당선이 안 될 경우는 생각할 필요 없다.

난 1,000만 먹고 물러나면 되니까.

하지만 내가 아는 소장은 충분히 당선될 역량이 있었다.

그리고 파리 앉은 파전이라고 통째로 비릴 위인은 아니었다.

그 부분만 떼고 먹을 정도의 융통성도 있었다.

내가 마음에 들지 않는다고, 내 실력까지 폄하할 위인은 아니었다.

그가 고민할 시간은 길지 않았을 것이다.

아니, 길어질 수 없었을 것이다.

처음 일어서는 것이 어렵지, 두 번째 일어서는 건 일도 아니었으니까.

"쩝."

주섬주섬 펼쳐놓은 포트폴리오를 정리했다.

'여기까지 양보했는데, 자꾸 시간 끄시면 저 갑니다'의 제스처.

'당장 줄 것은 1,000만 원인데, 뭘 저리 고민을 하실까?'

"알았네. 그렇게 하지. 대신 열심히 해 주게."

웃으면서 그에게 말했다.

"알겠습니다. 도면이 완성되면 불러주십시오. 참! 선금 입금되면 그때 컴퓨터 들고 가겠습니다."

돈을 늦게 지급받음으로써, 휘둘리고 싶은 마음은 추호도 없었다. 선금을 명확히 짚었다.

"엉? 우리 도면 거의 다 완성됐어. 바로 컴퓨터 가져오면 돼!"

소장이 다급하게 말했지만 나는 한 템포를 늦췄다.

"계약서 쓰는 날, 계약금 바로 입금하시고 일정 다시 잡으시는 게 어떨까요?"

"어, 어, 바로 일하는 거 아니고?

"에이, 소장님도! 프로가 돈 안 받고 일 하는 거 보셨어요?"

그렇다. 나는 프로였다.

프로는 돈을 받고 그 가치만큼 일을 하는 사람이다.

나는 열정페이 따위는 전혀 생각하지 않았다.

전생에 가구를 하면서 수많은 열정페이를 이미 지불한 바 있다.

일 년 365일, 월급 130만 원, 일을 배우겠다는 신념 하나로 불철주야 뛰었던 그 시절을 나는 아직도 기억한다.

'소장과는 이어졌다. 이 사람의 능력을 얼마나 훔쳐오느냐는 이제 나에게 달린 것이다. 김성훈 화이팅!'

소장과 약속을 하고 사무소를 들렀다.

저번에 왔을 때는 소장에게 모든 신경이 맞춰져 있어서 보이지 않았던 것들이 보였다.

신정동 상가 건물 2층에 있는 사무실은 출입문이 유리로 되어 있어서 사무실 내부가 훤히 보였다.

'깔끔하네. 역시 빈틈이 없어 보여.'

한쪽 벽에는 예전에 만들었던 건물들의 모형들이 선반에 얹혀져 있었고, 사이사이에 수작업 투시도가 액자로 표구되어 걸려 있었다.

한눈에 건축사 사무소라는 것을 알도록 심플하게 잘 정리
되어 있었다.

각각의 책상을 파티션으로 나누고, 파티션 벽에는 온갖 서
류가 핀으로 꽂혀 있었다.

문을 열고 들어섰다.

"오전까지 서류 보내주기로 했잖습니까? 지금 시간이 몇
시인 줄 알아요?"

"과장님, 제가 시청에 가기 싫어서 이러는 거 아니잖아요.
사정 좀 봐주세요. 네?"

거래처에 서류를 독촉하는 자와 시청 누군가에게 부탁하
는 자, 사무실이 일하는 소리로 북적거렸다.

바쁘게 돌아가는 분위기였다.

사무실을 지나 소장의 방으로 향했다.

소장이 나를 반겼다.

"오, 성훈이. 기다리고 있었어."

'언제 봤다고 벌써 말을 놓냐?'

소장은 그러는 게 당연한 듯 의자를 권하며 계약서를 꺼
냈다.

보통은 신뢰와 믿음으로 도장을 찍겠지만 나는 그가 내민
계약서의 조항을 모두 읽었다.

"허허, 뭘 다 읽고 그러나. 내가 어련히 알아서 했을까 봐.

자넨 도장만 찍으면 돼!"

'예전이었다면 당신 얼굴을 보고 덥석 도장을 찍었겠지.'

서류를 주욱 읽어 내려가며 드는 생각은 이거였다.

'역시나! 처음부터 작정을 했네.'

계약서의 날짜는 오늘부터 시작하는 것으로 되어 있었다.

나와 협의를 거치지도 않았는데 말이다.

계약서를 읽기만 하고, 소장에게 말을 건넸다.

"소장님, 도면 완성됐습니까?"

"응, 이제 거의 다 됐어. 바로 시작하면 돼. 일찍 시작할수록 더 좋아. 배우는 게 많을 거 아냐!"

'그건 지극히 당신 입장이고!'

그의 말에 제동을 걸었다.

"바로 시작해야만 된다면 여기다가 추가 조항 넣겠습니다."

"뭐라고? 추가 조항? 달라는 대로 돈 주기로 했잖아."

소장은 감히 어디서 추가 조항을 얘기하냐는 듯 기분 나쁘다는 티를 여지없이 드러내며 말했다.

쥐어짜는 목소리로 보아 화를 참는 듯했다. 나는 침착함으로 대응했다.

일 얘기 하는데 감정을 섞으면 바보, 그 이상도 이하도 아니다.

"도면 변경 없는 걸로요. 합의 없는 변경 시에는 추가 정산 또는 계약 파기로요!"

내 말에 붉으락푸르락하더니 소장은 결국 언성을 높였다.

"무슨 그런 말도 안 되는 소리를 하나? 하다 보면 변경될 수도 있는 거지! 자네가 아직 어려서 잘 모르나 본데, 현상설계는 다 그런 거야."

'그런 건 잘 알죠. 시도 때도 없이 바꾸니 하는 말이지.'

"그럼 조건을 바꾸죠. 소장님 조건 다 들어드리는 대신, 상주하는 조건을 빼는 걸로요. 저도 그게 편합니다."

조건에는 조건으로 대응하는 수밖에.

노예 계약을 하고 싶은 마음은 추호도 없었다.

"이 사람아. 자네가 아직 젊어서 세상 무서운 줄 모르는군! 나처럼 이렇게 잘해주는 사람이 흔한 줄 알아?"

'당신 눈에는 내가 일개 학생으로 보일지 몰라도. 착각하신 겁니다.'

액면가 25살의 나를, 45살의 그는 완전히 애송이 취급하고 있었다.

하지만 너무 몰아붙이면 좋은 결과를 얻어내기 어려울 것이다.

"소장님. 저는 좋은 마음으로 왔습니다. 잘해서 저도 소장님도 좋은 결과를 내고 싶구요."

기분이 상한 그를 달래며 내가 변경된 조건을 제시했다.

"계약일자는 마감 3일 전으로 하시죠. 상주해서 작업하니, 그 정도면 충분합니다."

완전히 납득하지는 않았지만 그도 고개를 끄덕였다.

'이미 머릿속으로 계산을 끝냈겠지.'

서울의 업체와 하는 것보다는 훨씬 더 빠른 변경이나 결과물 확인이 가능할 것이다.

서울 업체와 작업을 할 경우는 돈을 주고도 그들의 상황에 따라서 손해를 보는 경우가 많았다.

거리가 멀고, 작업의 진행 상황을 확인할 수 없으며, 그쪽에서 식사 중이라 전화라도 받지 않으면 건축사 사무소에서는 속이 바짝바짝 타들어갈 것이다.

그럼에도 불구하고, 그들을 제재할 방법은 전무했다.

한층 누그러진 소장이 말했다.

그도 겨우 줄이 닿은 투시도 디자이너를 놓치기 싫었던 것이 분명했다.

"아무리 그래도 사흘이면 너무 촉박하지 않겠나?"

"아닙니다, 작업 시간은 충분합니다. 일을 시작하게 되면 밤낮없이 작업을 할 겁니다. 시작하고 나서 중간에 호흡 끊어지면 오히려 더 안 좋습니다."

소장에게도 어느 정도의 여유를 주었다.

"한 번 정도는 수정할 수 있는 시간도 포함시킨 겁니다."

"하다 보면 불가피하게 수정해야 할지도 모르는데, 너무 타이트해 보이네만."

소장의 말도 일리가 있었다.

그러나 시간이 너무 넉넉하면 분명히 다른 생각이 끼어들 것이다.

'이것도 괜찮지 않을까? 저것도 좋은 아이디어 같은데.'

결국엔 적용하지도 않을 쓸모없는 생각들이었고, 그것은 나의 부담으로 돌아올 것이다.

수시로 바뀌는 그의 변덕에 맞춰서 춤춰줄 생각이 없었던 것뿐이다.

"차라리 정해진 시간에 집중도를 최고조로 올리는 게, 훨씬 결과물이 좋습니다."

뭔가 말을 하고 싶은데, 내가 탁탁 잘라 답을 해버리니 소장은 답답한 모양이었다.

소장은 내가 걱정된다는 투로 물었다.

"힘들지 않겠나? 잠 안 자고 버티는 것도 한계가 있을 텐데."

"한 번에 못 끝내고, 두 번 세 번에 나눠서 하면 오히려 머릿속에 입력된 정보들이 뒤섞여서 엉망이 됩니다."

그리고 주의사항을 덧붙였다.

"그리고 중간에 도면 변경되는 것도, 한 번 정도로 최소화해 주십시오. 몇 번 정보가 바뀌면 모델링 순서가 꼬이거든요. 그게 반복되면 나중에는 처음부터 다시 시작하는 게 나을 수도 있으니까요."

나도 사람이다.

아무리 목적이 있어서 하는 거래이고 돈을 받으면서 일을 해주는 거라지만, 했던 일을 모두 무효화시키고, 다시 똑같은 작업을 해야 하는 것은 시간을 버리는 것에 불과했다.

'18년의 시간을 무의미하게 살았던 나다. 시간 낭비는 더 이상 하고 싶지 않다고. 자의든 타의든!'

스탠바이가 끝난 상태로 일사천리로 달려야 최상의 결과를 뽑을 수 있었다.

언제든지 변경 가능하다는 것을 알게 되는 순간, 마음의 여유가 생기고 시간을 루즈하게 사용하게 된다.

소장을 설득했다.

내가 보기에 그는 3D프로그램이 완벽하다고 믿는 것 같았다.

그가 납득할 만한 설명이 필요했다.

"소장님, 컴퓨터는 만능이 아닙니다."

"그야 그렇겠지만서도……."

"그냥 조그마한 건물 만드는 거면 저도 별로 걱정을 안 하겠지만, 이건 단위가 다릅니다."

뭐가 다르냐는 듯 그가 미간을 모았다.

"보통 개체 수 10,000개가 넘어가면 무슨 일이 일어나도 이상하지 않습니다."

소장이 잘 안다면 무슨 말이라도 하겠지만 그는 MAX를 몰랐다. 그는 잠자코 듣고만 있었다.

"이런 대규모 공사를 모델링할 때는 저도 신경이 곤두섭니다. 순서가 약간만 뒤엉켜도 수정하기 어렵거든요."

소장도 그럴 것이다.

"소장님, 어떤 일을 할 때 중간중간에 매듭을 짓지 않습니까?"

소장이 고개를 끄덕이며 수긍했다.

"누가 소장님께 골조 공사 다 끝나고, 인테리어 공사 들어가는데, 골조 고치라고 하면 어떻게 되겠습니까?"

"그런 미친놈이 어디 있어?"

내가 그를 보며 웃었다.

"네, 이것도 똑같습니다. 앞의 공정 하나가 바뀌면 그 뒤로는 얼마나 변경해야 되는지 상상도 못 해요."

"그런가?"

"네, 개체 수가 많으니 헷갈리지 않을 수가 없는 거죠. 중간중간 매듭을 확실하게 지어 나가야 합니다. 그렇지 못하고 중구난방 두서없이 하게 되면 시간 낭비가 됩니다."

소장이 납득을 했다.

"알겠네. 가급적이면 그런 경우는 최소화해 보지."

그에게 말했다.

"대신 확실하게 끝내 드리겠습니다. 그건 믿으셔도 됩니다."

확신에 찬 내 말에 소장이 만족스러운 표정은 아니었지만 고개를 끄덕였다.

날짜와 조건을 수정한 후, 계약서에 도장을 찍고 일어섰다.

"그럼 금요일에 뵙겠습니다."

"도면 거의 다 됐는데, 한번 보고 가지 그러나?"

소장이 슬쩍 내 앞으로 도면을 내밀었지만 나는 고개를 저었다.

아직 사흘이나 시간이 남아 있었다.

그 짧은 시간 동안 몇 번이고 전면 수정되는 것이 도면이고, 마감 전날까지도 변경될 수 있는 것이 현상설계였다.

"아뇨, 완전히 픽스되면 보겠습니다. 지금 본 거랑 나중에 본 게 다르면 저는 더 헷갈리더라고요."

"쩝. 그럴 수도 있겠지. 그 전에라도 완성되면 연락 주겠네. 괜찮겠지?"

소장은 끝까지 미련을 버리지 않았다.

"네, 저도 특별한 일이 없으면 그러도록 하겠습니다."

'지금부터 특별한 일이 생길 겁니다.'

시작부터 페이스에 말리면 끝까지 휘둘리게 된다.

나는 그럴 생각이 전혀 없었다.

다음 날부터 '지금부터 시작하면 안 되겠냐?'는 소장의 부탁을 가장한 독촉 전화를 받았다.

'사정이 있어서 안 되겠습니다'라며 친절히 거절을 했다.

공적인 일에 시시콜콜한 개인적인 사정을 이야기하는 것은 상대에 대한 실례가 될 것이다.

그렇게 사흘이 흘렀다.

컴공과에서 컴퓨터를 가지고 왔다.

애초에 컴공과 교수와 그렇게 약속을 했었다.

베를린에서는 한 교수가 그 교수에게 양해를 구해서 CD를 미리 빌려놨던 것이고.

'나 모르게 준비하느라, 한 교수도 고생이 많았지. 얘기하면 안 해줄까 봐서. 사람 참!'

정희와 함께 그녀의 차로 컴퓨터 2대와 모니터 2개를 옮졌다.

본체는 그녀가, 19인치 모니터는 내가 들었다.

무게가 20㎏은 족히 나갈 것 같았다.

'LCD 모니터는 언제 나오지? 겁나 무겁네!'

정희는 컴공과 교수와 같이 있던 조교다.

이름이 '이정희'였다.

내 조수가 되어 프로그램을 익히기로 했던 그 여자 조교였다.

그녀의 애마 '아벨라'에 물건들을 집어넣었다.

3도어 해치백 타입이었다.

차에 컴퓨터를 싣고 조수석에 앉았다.

"희야, 운전은 잘하지?"

"흥. 염려 놓으시죠."

뭐라고 불러야 할지 애매한 모양이었다.

"그냥. 오빠라고 불러. 선배는 아니니까."

"흥! 그냥 성훈 씨라고 부르면 되거든요."

"그러던가?"

'누가 뭐랬냐? 콩알만 한 게 틱틱거리기는.'

정희는 굉장히 어리게 생겼다.

체구도 작고, 여리여리해서 고등학생이라고 해도 믿을 정도였다.

지금처럼 옅은 화장이라도 하지 않으면 실제로 그렇게 보였다.

우리를 위해 책상이 비워져 있었다.

가장 구석진 자리, 보안이 제일 잘되는 곳이었다.

정희가 컴퓨터를 설치하는 사이에 나는 소장과 도면을 검토했다.

그 와중에도 소장은 불평불만을 해댔다.

'사흘 내내 전화를 했는데, 한 번도 안 들르냐. 어째 사람이 그렇게 매정하냐!'면서.

검토가 끝난 후, 소장에게 말했다.

"소장님, 저는 사흘 내로 끝내겠다고 소장님과 약속을 했습니다."

"응, 그랬지. 난 아무래도 시간이 촉박할 것 같아서 걱정이 되는데. 큼, 자넬 못 믿어서 그런 건 아니야!"

'흥. 못 미더워서 중간중간에 계속 체크하면서 닦달을 할 거면서.'

그런 상황을 미연에 막을 방도를 생각해 뒀었다.

"소장님, 이것 좀 봐주시죠?"

"이게 뭔데? 엉? 공정표잖아!"

소장에게 내가 짜온 스케줄 표를 내밀었다.

"네, 투시도 공정표입니다. 이 스케줄대로만 가면 아무 문제 없이 끝납니다."

잠자는 시간 없이 짜여진 66시간의 공정표였다.

그가 고개를 끄덕였다.

"그래, 이대로만 간다면 문제될 것은 없겠구만. 그런데 이 뒤의 빈 공간은 뭔가?"

비어 있는 여섯 시간에 대한 물음이었다.

"무슨 일이 있을지 알 수 없으니까요. 수정이 생길 수도 있고요."

"흠, 생각보다 꼼꼼하네."

내 얼굴과 스케줄 표를 번갈아 바라보더니 소장이 말을 이었다.

"이대로만 가면 나도 신경 쓸 필요가 없겠지. 그럼 이렇게 가는 걸로 알고 있겠네."

스스로 내 발목을 잡을 수도 있는 스케줄표를 그에게 내놓는 것은 확인을 시키기 위함이다.

'나를 믿으라는 확신과 내 스케줄에 함부로 뭔가를 끼워 넣지 말라는 경고!'

이것 외에 당신의 변덕으로 발생하는 것에 대한 책임은 당신이 져야 한다는 강력한 메시지!

그리고 '나는 이 스케줄대로 갈 거니까, 잘 생각해 보시고 변경하십시오'라는 의미!

눈치 백단 소장이라면 알아들었을 것이다.

믿음이 약한 자에게 아무리 믿음의 중요성을 강조해도 그건 공염불과 다를 바가 없다.

눈으로 확인 가능한 숫자와 그래프로 보여주는 것이 가장 강력한 믿음이 된다.

걱정을 접은 소장이 손뼉을 짝 치면서 작업 시작을 지시했다.

"자! 그럼 이제부터 시작인가? 아귀 잘 맞춰서 부탁하네."

'아귀'란 4개면 이상의 벽체가 틈 없이 맞아 들어가는 것을 말한다.

"실제로 모델링을 하면서 맞춰가겠습니다."

"우리 직원들 실력 확실하니까 다 맞을 거야. 더 필요한 설명 있어?"

"작업 진행하면서 궁금한 거 있으면 물어보겠습니다. 아! 이제 설치 끝났네요."

정희도 내 옆 책상에 자리를 잡았다.

그녀는 내게 사용법을 배우기로 했었다. 그 수준은 실제 사용하는 것에 기준을 맞췄다.

큰 도움이 되지는 않으리라 생각한다. 그녀는 보는 것만으로 만족을 해야 할지도 모른다.

"희야, 나 너 공짜로 부리는 거 아니다. 제대로 해."

"네, 오라방!"

정희는 일당 5만 원을 주기로 했다.

호칭은 오라방으로 하기로 합의를 봤다. 사장이라 부르기는 어색하니 오라버니라고 부르라고 했다.

그녀는 그런 호칭은 노티 나서 싫다면서 '오라방'이라는 난생처음 듣는 호칭을 말했다.

'흠, 내가 늙긴 늙은 모양이군.'

그녀도 이제는 3D를 어느 정도 할 줄 알았다. 지금 같은 상황에서 도움이 될지는 미지수였지만.

"희야, 넌 이 경비실 부분을 맡아서 완성을 시켜봐. 나중에 끌어오면 되니까."

연습하는 셈 치고 그녀에게 작은 부분을 맡겼다.

실제 도면으로 직접 만들면서 지적을 받는 것이 실력 향상에는 가장 빠른 길이었다.

아무리 책을 보면서 치약 뚜껑을 만들고 손가락을 만들어도 실제로 하는 것과는 다르다.

책에 나와 있는 건 게임의 튜토리얼과 같다. 실무와는 다르다.

"넵, 오라방!"

가는 두 팔을 동동 걷으며 그녀가 의욕을 불태웠다.

몇 시간 후에는 멘탈이 붕괴되겠지만 그녀로서는 튜토리얼을 벗어난 첫 실전인 셈이다.

'화이팅! 열심히 해.'

원래 처음 하면 다 아픈 법이다.

나도 작업에 들어갔다.

건물의 배치는 간단했다. 운동장을 중심으로 북서쪽에는 학교 건물이 있고, 북동쪽에는 체육관을 겸한 강당이 있었다.

운동장에는 축구장이 있고, 그 한편에 모래사장과 놀이터가 있으며, 정문에는 경비실이 배치되어 있었다.

가장 많은 컷을 뽑을 부분은 학교 건물이었다.

사이트 작업부터 진행을 시작했다.

패널에서 가장 넓은 면적을 차지하는 것은 조감도가 될 것이다.

건물의 배치와 용도를 한눈에 알 수 있으므로 가장 눈이 잘 가는 상단에 위치할 것이다.

그리고 건물들의 세부 디테일을 보여줘야 하는 부분을 확대해서 찍고, 내부 복도도 찍어서 학교 분위기가 물씬 나게 해야 할 것이다.

그 외의 것들은 시간이 되면 하고 시간이 되지 않는다면 반드시 하지는 않아도 되는 조건부 옵션이 된다.

소장실에서는 정리된 도면들을 가지고 회의가 진행 중이었다.

설계 기준에는 맞는지 발주자의 의도를 모두 수렴했는지, 자신들의 설계 포커스가 도면상에서 잘 적용되었는지.

회의할 거리는 많았다.

느닷없이 소장실에서 고성이 들려왔다.

"정신이 있는 거야? 없는 거야? 지금 와서 그걸 변경해야 된다고?"

직원들 중 누구 하나가 욕을 먹고 있는 모양이었다.

'휴! 또 그 패턴이 시작되는 건가?'

20년 전에 내가 골탕을 먹었던 그것!

소장이 뭔가 꼬투리를 잡아 누군가를 혼내고, 그 사람은 내게 와서 어쩔 수 없다는 듯이 변경을 요구하는 패턴!

'나 곤란한데, 사정 좀 봐주지' 하는 동정심에 기대는 것 말이다.

'당신이 잘못한 걸 왜 내게 밀어? 어디서 씨알도 안 먹힐 짓을!'

지금은 진표가 현장 감리로 나가 있으니 다른 사람이 악역을 맡은 모양이다.

잠시 후, 과장이 내게 다가왔다.

"성훈 씨, 이것 좀 변경할 수 있어요?"

그가 내민 도면을 점검했다.

오래된 기억이라 가물가물했다.

20년이 다 되어가는 일이니 당연한 일이리라.

책상 옆에 떡하니 붙여놓은 스케줄 표를 가리키며 말했다.

"당장 바꿔야 하는 겁니까? 지금 모델링하는 거 흐름 끊기면 곤란한데?"

당신네 스케줄에 무조건 따를 수 없다고 못을 박았다.

'그쪽 사정 봐주다가 내 일을 못하면 누가 책임지냐고!'

과장도 책임질 일이 생길까 봐 한발 뒤로 물러섰다.

"뭐, 소장님이 시키신 거니까. 난 그냥 전달하러 온 거야."

"일단 거기 놔두세요. 이거 끝나고 소장님께 직접 여쭤 볼게요."

의뢰자의 요구 사항을 들어주는 것은 당연했다.

다만 시간에서 뒤로 밀릴 뿐.

'정말로 급한 사안이었다면 직접 와서 얘기를 했겠지. 부하 직원 시키는 게 아니라.'

내가 아는 소장의 스타일은 그랬다.

그는 정말 중요한 일은 남에게 맡기지 못하는 사람이었다.

8시간에 걸친 교실동의 모델링이 거의 끝났다.

오전 9시부터 시작했었는데, 지금 시간이 오후 5시였다.

정희는 이제 막 경비실을 끝냈다.

생각했던 것보다는 잘 나왔다.

"쉽지 않지?"

"네, 오라방. 생각보다 어렵네요."

"당연한 거야. 처음이니까."

수정할 부분을 짚어주며 정희를 격려했다.

'제대로 써먹으려면 아직은 멀었네. 나도 처음 할 때는 욕 많이 먹었는데.'

그리고 수정할 도면을 집어 들었다.

'지금 당장 수정을 안 해도 될 부분인데, 이걸 들이밀었다. 뭐지?'

크게 눈에 띄지 않는 부분이었다.

'평면이 바뀌는 거라면 바로 수정을 해야겠지만 그것도 아니네.'

평면 자체가 바뀔 정도의 변경이라면 구조의 변경까지 함께 이루어진다.

그건 전반적인 수정이 요구되는 큰일이었다.

하지만 단순한 입면의 변경이라면 나중에도 수정이 가능했다.

지금 주어진 것은 평면이 아니라 입면의 수정이었다.

손은 많이 가지만 급한 것은 아니었다.

'일단 중요한 것부터 먼저 하자.'

작업에 열중하고 있는데, 뒤에서 소장이 기웃거렸다.

할 말이 있나 싶었더니 그것도 아니었다.

얼마나 진행이 되었는지 볼 요량이었다.

'이 인간이 심심한가?'

모니터에서 눈도 떼지 않은 채로 스케줄 표를 가리켰다.

그리고 소장에게 말했다.

"보이시죠? 스케줄대로 한 치의 오차도 없이 진행되고 있습니다."

"아, 이 사람이, 누가 뭐래냐? 보는 것도 안 되나!"

"전 누가 보면 신경 쓰여서 작업 못합니다."

그러자 소장이 머쓱하게 자기 방으로 돌아갔다.

어쩌랴. 작업자가 그렇다는데.

건축사 사무소에서는 그가 왕이지만 내 분야에서는 내가 왕이다.

화장실에 다녀오는 길이었다.

직원들 몇이 모여서 모니터를 보고 이야기하는 중이었다.

"이거 왜 이러냐?"

"몰라요. end 점은 잡히는데 수치가 이상하게 나와요. 버그인가 봐요."

건축사 사무소의 직원들은 캐드를 잘한다.

도면을 뽑기 위해서는 당연히 캐드를 할 줄 알아야 한다.

'문제는 2D의 전문가라는 거지.'

그들의 대화에 슬쩍 끼어들었다.

"뭔데 그러세요?"

스스로 전문가라고 생각하는데, 내가 끼어드니 자존심이 상하는 모양이었다.

과장이 투덜거리며 말했다.

"성훈 씨는 성훈 씨 할 일이나 해요."

그럴 법했다.

3D 조금 할 줄 안다고 자기들 월급 5배 이상을 사흘 만에 챙겨가는 나를 예뻐할 이유가 어디 있을까?

'쯧쯧. 자존심은 있어 가지고.'

막말로 캐드는 내가 훨씬 경력자였다.

여기 있는 사람들 해봐야 겨우 2, 3년 차 경력자들일 것이다. 한국에서 실용화된 게 그 정도이니.

나는 20년을 써 왔는데 말이다. 조금 과장하면 지금의 내 나이만큼 캐드를 만져왔다.

슥 보니 뭔가 문제인지 보인다.

정수로 끝나야 할 숫자가 소수점 10개 이상이 찍히면 그건 라인을 그으면서 좌표가 어긋난 것이다.

자신의 실수를 프로그램의 오류로 판명내고 있는 것이다.

지금 바로 잡지 않으면 앞으로도 계속 그렇게 생각하지 않을까?

3D의 개념에 익숙하지 않고, 2D로만 캐드를 다루면 흔히 겪는 실수였다.

이 시절, 건축사 사무소에서 3D를 다룰 일은 거의 없었다.

'옜다. 선심 쓴다.'

"과장님, 그거 좌표가 엇갈린 것 같은데, 제가 좀 봐도 돼요?"

과장은 여전히 뚱한 표정이었다.

"그냥 성훈 씨는 자기 일이나 하라니까. 이건 우리끼리 풀어볼게."

그러나 그의 부하는 생각이 달랐다.

"과장님, 이거 오늘 내로 끝내야 돼요. 안 그럼 소장님한테 죽을걸요."

"끙…… 한번 만져 봐요. 얼마나 캐드를 잘 아는지는 몰라도."

결국 과장은 승낙했다.

책상에 앉아서 3D 관련 패널을 꺼내서 이리저리 돌려보았다.

문제점을 찾는 데는 말 그대로 10초도 걸리지 않았다.

"역시! 이거 때문에 그랬네요."

"뭔데? 뭔데?"

궁금하긴 과장도 매한가지였나 보다. 누구보다 먼저 머리를 들이밀었다.

"이거 보이시죠. 선 튀어나온 것!"

정면 뷰가 아니라 우측면 뷰로 보는 중이었다.

수십, 수백 개의 라인이 하나로 겹쳐져서 한 줄로 보이는 와중에 한 개만 삐죽 튀어나와 있었다.

그 라인을 찍어서 Z 좌표 값을 '0'으로 변환시켰다.

다시 정면 뷰로 돌아왔다.

수치 보정이 이루어져 정확한 수치로 되돌아와 있었다.

과장을 돌아보며 말했다.

"간단하죠?"

"응. 응."

과장이 고개를 끄덕거렸다.

더 무슨 할 말이 있으랴! 실제로 간단했는데.

"잘 안 쓰시던 거라서 가끔은 잊어버리시는 거예요. 몰랐던 건 아니시잖아요."

"그래, 알지. 깜빡했네. 하하."

"수고하세요. 전 제자리로 갈게요."

멍하게 있던 과장이 정신을 차렸다.

"어, 어. 성훈 씨, 고마워."

"이상한 거 있으면 물어보세요. 저는 몰라도 과장님이 아실 거고. 과장님이 깜빡하신 거 제가 알 수도 있잖아요."

가장 적으로 만들어서는 안 될 인물들이 실무자들이다.

가진바 권력은 없어도, 절체절명의 순간에는 힘이 되어줄 사람들이었다.

내가 말을 이었다.

"그래서 저도 과장님한테 많이 물어보잖아요."

내 자리로 돌아갔다.

짧은 시간 동안 그들은 캐드에 대해 궁금한 것을 많이도 물어봤다.

그 내용 또한 나도 예전에 많이 고민했던 것들이라 금방 답해줄 수 있었다.

우리는 금방 친해졌다. 소장을 두고 뒷담화를 할 만큼.

지금 내 책상에는 그들이 사온 음료수와 커피 캔으로 손 놓을 틈이 없었다.

어찌 빈손으로 물어보겠냐면서 하나씩 들고 온 것들이 산처럼 쌓였다.

"희야!"

"넵, 오라방."

"이거 다 먹어라."

"넵, 고마워요. 오라방."

몇 개 빼고는 모두 그녀의 가방으로 들어갔다.

만 하루가 지났다.

체육관까지 모델링이 끝나고 모든 건물이 자리를 잡았다.

'어째, 영 허전한데.'

운동장을 중심으로 북서쪽에 교실동, 북동쪽에 체육관이 들어서다 보니 한쪽으로 건물들이 쏠려 있었다.

내가 하는 일은 최대한 건물이 돋보이게 하는 것이다.

도면대로 건물을 올리지만, 그 이후에 건물이 눈에 띄도록 하는 것이 나의 일이었다.

'이런 식으로 건물이 모여 있으면 한쪽으로만 시선이 집중되는데? 흠.'

돈을 떠나서 내가 만드는 건물은 달라야 한다.

이건 내 자존심의 문제였다.

'나중에 포토샵으로 포인트를 좀 줄까? 그래도 이건 그런 차원이 아닌데!'

고민하다가 목을 한바퀴 돌렸다.

뚜두둑- 뚜두둑-

"아이고, 어깨야."

이틀째 책상에 앉아만 있으니 아무리 젊은 몸뚱이라도 정상일 리가 없었다.

그러던 중에 어제 과장이 고쳐 달리고 했던 것이 눈에 들어왔다.

'이걸 꼭 고쳐야 하나?' 하는 의문이 들었다.

설계 기준을 보니 반드시 필요한 것은 아닌 것 같았다.

하지만 수정을 할 시간적 여유는 있었다.

이런 경우 내 생각은 중요하지 않다. 클라이언트의 판단이 중요하지.

"겸사겸사 물어보지 뭐."

소장실 문을 열었다.

실내가 담배 연기로 자욱했다.

아이디어를 내놓으라며 직원들을 윽박지르던 소장도 힘이 빠졌는지 의자에 기대 담배를 피우고 있었다.

회의는 길어지고 아이디어는 나오지 않으니 타는 속을 담배로 달래는 것이리라.

문 열리는 작은 소리에도 짜증이 났던 모양이다.

"뭐야!"

돌아보지도 않고 대뜸 고함부터 지른다. 자기 직원인 줄 알았던 모양이다.

'하긴! 여기서는 자기가 대장이니.'

잘못한 게 없으니 화낸다고 주눅들 일은 없었다. 담담하게 말했다.

"네, 뭐 좀 여쭤보고 싶은 게 있어서 왔는데, 분위기가 영 아니네요."

소장이 돌아보고 미안했던지 좀 부드러운 목소리로 물었다.

"괜찮아. 뭔데? 말해봐."

"네, 어제 말씀하신 거 꼭 변경해야 하는 건지 하고요. 아무리 봐도 운동장이 밋밋하더라고요. 뭐로 채우실 건지 여쭤보러 왔습니다."

설계라는 것은 채우고 채워도 항상 부족하다.

설계가 완성되는 시간은 마감되는 순간이다.

더 이상 고칠 것도 없고, 고칠 시간도 없을 때 말이다.

마감 전까지는 채우고, 빼고, 대체하고, 수정하는 작업이 끊임없이 이어진다.

지금 소장의 머릿속에도 뭐로 채울 것인가 하는 질문만이 날아다니고 있었던 모양이다.

"지금 우리도 그것 때문에 회의하고 있었는데, 너 뭐 아이디어 없냐?"

뜬금없이 나에게 물었다.

그만큼 절박했으니까 그랬겠지.

나는 아직도 설계를 잘 모른다.

전생에 배웠었다고는 하지만 정작 기억에 남아 있는 것은 하나도 없다.

현생에서 한 교수에게 배웠다고는 하지만 그걸 누구에게 설명하랴. 우주 건축을!

그런 이유로 나는 설계에 대해서는 초보나 다름이 없었다.

균형 잡힌 배치가 좋다는 것은 알지만 비어 있는 부분을 뭐로 채울지는 몰랐다.

학생답게 너스레를 떨었다.

"하하. 제가 설계를 알면 얼마나 알겠습니까?"

"하긴. 내가 어린 학생한테 뭘 더 바란 거냐? 나가서 그거나 고쳐."

소장도 내 대답을 기대하지는 않았던지 대뜸 나가라는 말을 했다.

"소장님? 그런데 왜 거기만 텅 빈 느낌인 겁니까?"

"왜기는? 한쪽으로 건물들이 치우쳐져 있으니까, 그렇지. 학교가 다 그렇잖아. 그것도 몰라?"

내 질문이 귀찮았던지 소장은 내게 핀잔을 줬다.

필요에 따라 지어지는 건물은 필연적으로 균형보다는 효율에 초점이 맞춰지게 마련이었다.

효율의 중심은 사용자들의 동선이며, 동선이 짧을수록 효율성이 높아진다.

'학생이 모를 수도 있는 거지. 자기는 처음부터 알았나?'

욱하는 마음이 들었지만 일은 일로 상대해야 한다. 이건 내 작품이기도 했다.

"요컨대 무게중심이 한쪽으로 기울었다는 말이네요."

"굳이 따지면 그렇게 말할 수도 있지. 양쪽으로 균형을 맞춰줄 게 있으면 좋겠지만 그게 없잖아."

소장의 고민이 담배 연기가 되어 코로 빠져나온다.

"창고라도 지을까 해봤지, 그런데 무게감에서 상대가 안 돼. 지금 와서 쓸모없는 건물을 더 올릴 수도 없으니!"

체육관을 운동장 반대편으로 옮기는 것도 문제가 되기는 매한가지였다.

운동장이 길쭉하게 만들어지면 활용도가 떨어져서 쓸모없는 배치가 되어버린다.

그때, 내 머릿속에 떠오르는 이미지 하나가 있었다.

가우디의 '구엘 공원'.

방학 때, 바르셀로나에 갔었고, 거기에서 만난 천재 건축가 안토니오 가우디의 명작!

소장에게 물었다.

"그럼, 그에 상응하는 뭔가를 반대편에 얹으면 어떨까요?"

"그걸 누가 몰라?"

소장이 신경질적으로 담배를 비벼 껐다.

"그게 없어서 지금 대가리 터지게 고민하는 거 안 보이냐?"

그리고 다시 한 대를 빼 물었다.

반복되는 회의에도 제대로 된 결과가 나오지 않으면 남는 것은 짜증과 스트레스뿐이다.

소장 이하 모두가 같은 마음일 것이다.

'머리가 폭발할 지경이겠지!'

지금 상황이 꼭 그랬다.

소장에게 물었다.

"소장님, 스페인 가 보셨어요?"

"뜬금없이 스페인은 왜?"

"얼마 전에 바르셀로나에 갈 일이 있어서 구엘 공원을 둘러봤습니다."

가우디의 동화적 상상력이 극대화된 곳이 스페인 바르셀로나의 구엘 공원이다.

나는 그곳에서 콘셉트를 가져왔다.

"진짜? 정말이냐?"

지금의 일과는 아직 연관이 없음에도 소장을 비롯한 사무소 식구들의 시선이 나에게 집중되었다.

부러움의 눈빛이었다.

건축 일을 하는 사람이라면 누구나 한 번은 들어봤고, 죽기 전에 한 번은 꼭 가보고 싶어 하는 곳이었다.

소장이 물었다.

"갑자기 웬 구엘 공원? 그게 왜?"

"네, 곡선으로 된 구조물에 타일 조각으로 마감되어 있죠."

왜 뜬금없이 가우디의 걸작을 얘기하나 싶었을 거다.

딱 그 표정이었으니까.

"여기 운동장 빈자리에 하나 만들죠. 비슷한 걸로!"

이 사람들도 당연히 알 거라 생각했지만 구체적인 이미지를 위해 설명을 늘어놓았다.

"가우디의 구엘 공원하면 동화적인 상상력이 떠오르죠. 타일로 된 도마뱀하며 직선이 아닌 곡선의 벤치."

"그렇지. 가우디하면 구엘 공원하고 파밀리아 성당이지."

소장도 내 말에 답을 하면서도 여전히 인상을 쓰고 있었다.

'그래서 하고 싶은 말이 뭔데!'라고 묻는 표정이었다.

구엘 공원은 직선 없이 곡면으로만 이루어져 있었다.

기계로 만들 수 없는 하나하나 사람의 손길로 만들어진 가우디의 구엘 공원이다.

그만큼 신비로울 수밖에 없다.

기계로 가득 찬 차가운 세계에서 유일하게 따뜻한 빛을 내뿜는 곡면의 세계였다.

직선으로는 표현할 수 없는 가우디만의 세계.

추측일 뿐이지만 바르셀로나시의 수입 중 적어도 십분지 일 정도는 관광 수입에서 나오지 않을까?

사실이라면 바르셀로나의 시민 중 그만큼의 수는 가우디 때문에 먹고사는 것이다.

천재 건축가 한 명이 후세의 사람들에게 미치는 영향력일 것이다.

그리고 그것은 그의 건축물이 남아 있는 한 영원할 것이다.

난 소장이 여기까지 말하면 알아들을 줄 알았다.

'실제로 가본 사람과 사진으로만 접한 사람의 차이가 여기서 나는 것일까?'

나는 한 번 더 설명해야 했다.

"그 공원을 거닐면서 나중에 아이를 낳으면 이곳에 데리고 와야겠다고 생각을 했었거든요. 옛날에는 학교에 기린이나 코끼리 같은 거 실제 모형으로 만들어서 학교에 놔 뒀었잖아요. 그거 비슷한 거죠."

"그러니까 자네 말은 아이들의 동심을 살릴 수 있는 '구엘 공원'을 운동장에다가 집어넣자. 그거네?"

내가 고개를 끄덕였다.

"네, 다른 건물들은 모두 직선이잖아요. 그런 와중에 곡선으로 된 놀이터가 반대편에 자리를 잡고 있으면, 작더라도 눈에 띄고, 전체적인 배치에서 균형이 맞지 않을까 하는데요."

결국 내 말을 이해 못한 소장이 폭발했다.

"야! 이 친구야. 그게 말이 돼?"

오히려 짜증을 버럭버럭 내며 말을 이었다.

"4층짜리 교실동하고 체육관이 얼마나 큰데! 그걸 고만고만한 타일 쪼가리로 균형을 맞춘다고? 허 참!"

소장의 입에서 좋은 소리가 나올 거라는 생각은 하지 않았다.

"쓸데없는 소리하고 자빠졌네. 그럴 거면 나가서 일이나 해! 지금 내가 장난하는 것으로 보여?"

소장의 짜증이 점점 짙어갔다.

그때, 과장이 나섰다.

"소장님, 그럴듯한데요?"

"뭐야! 너까지 더위 먹었냐? 말이 되냐? 몇 층짜리 건물도 아니고, 단층도 안 되는 놀이터로 균형을 맞춘다고."

"그게, 말로는 설명하기가 어려운데요."

"말로도 설명을 못 하는데 뭐로 설명할래? 실제 건물 지어

놓고 설명할까? 엉!"

내 편을 들어주려던 과장이 짜증의 폭탄을 맞았다.

말로는 설명이 어려울 것 같았다. 공간을 말로 설명한다는 것 자체가 어불성설!

소장의 짜증을 말리며 말했다.

"잠깐만요. 소장님!"

"아! 또 왜? 이것들이 단체로……."

소장 앞에서 직접 그림을 그려서 보여줬다.

이제 내 그림 실력은 웬만하지 않다.

왜냐고?

르꼬르뷔제의 롱샹성당을 그릴 때, 그 성당 신부가 엄지를 척 치켜들었거든!

'입장료 필요 없다고, 기증하고 가라고 떼쓰는 걸 떼어놓고 오느라고 애를 먹었었지.'

직각으로 날을 세운 교실동과 체육관, 그리고 그 반대편의 곡선의 놀이터.

'같은 것으로 무게감을 대체할 수 없다면 전혀 다른 것으로 균형을 맞추면 되지 않을까?'

수십 톤의 철근과 동일한 무게를 맞추기 위해서는 꼭 같은 양의 철근이 필요한가?

새끼손톱만 한 다이아몬드 한 알이면 가능하지 않을까?

같은 단위인 '무게'로는 비교 불가능할 것처럼 보인다.

　하지만 '가격'이라는 다른 차원의 단위로 놓고 봤을 때도 과연 철근이 압도적일까?

　'그렇지 않을 수도 있다!'

　이것에서 시작되었던 발상이었다.

　말로는 설명할 수 없는 감각이지만, 그걸 그림으로 구현할 능력이 내게는 있었다.

　그림이 완성되자 과장이 말했다.

　"오오, 이거 괜찮은데요."

　"그러게요. 과장님. 저도 말로 들을 때는 긴가민가했는데, 그림으로 보니까. 딱 느낌이 오는데요. 성훈 씨, 굿!"

　과장과 대리가 엄지를 척 들었다.

　과장이 다시 감상을 말했다.

　"햐! 그거 묘하네. 놀이터도 직선이면 크기가 작아서 눈이 안 갈 텐데, 곡선으로 딱 돼 있으니까 눈이 확 쏠린다."

　과장의 말을 내가 이어받았다.

　"무게감이 양편에 골고루 실리는 것 같지 않으세요?"

　"응, 전혀 다른데 완전 균형감 있다. 죽인다. 역쉬 전문가는 다른데."

　과장이 한 눈을 찡긋하며 감탄을 했다.

　이 안의 결정권자인 소장에게 물었다.

"어떻게 생각하세요?"

그때까지 소장은 조용히 침묵을 지키고 있었다.

뭐가 그리 맘에 안 드는지 팔짱을 끼고 그림을 보면서도 뚱한 표정이었다.

'맘에 안 들면 표현을 하라고. 나처럼 그림을 그리시든가!'

소장은 그 불편한 마음을 직원들에게 퍼부었다.

"야 이 병신들아! 학생도 이런 생각을 하는데 늬들은 뭐냐? 나이도 몇 살이나 더 처먹고, 배우기도 한참을 더 배운 것들이 대체 할 줄 아는 게 뭐냐? 엉? 월급 도둑놈들아!"

'꼭 말을 해도 그딴 식으로 하냐. 인간아!'

가만히 있다가는 그 불똥에 직원들만 죽게 생겼다. 나 편 들어준 사람들인데!

"소장님, 꼭 그렇게 생각하실 건 아니죠. 저야 얼마 전에 다녀와서 기억에 남아서 그런 거예요. 가보셨다면 누구나 생각하셨겠죠. 기억에서 쉽게 지워질 게 아니거든요. 전 그런 느낌의 놀이공원을 학교에 만들면 좀 독특하지 않을까 생각했어요."

소장은 결정을 해야 했다.

기분은 기분이고, 일은 일이니까. 그리고 이 설계의 끝에는 거금이 걸려 있었다.

"흥. 다들 괜찮다고 하니 뭐 어쩌겠어. 그걸로 해."

"아뇨, 꼭 그러실 필요 없어요. 맘에 안 드시면 전 일하러 가겠습니다."

책상 위에 놓인 A4 용지를 집어 들었다. 그림이 그려진 종이 말이다.

세상에는 이런 사람 많다.

'디자인은 좋은데, 네가 그려서 맘에 안 들어!'

인정하기 싫다는데, 굳이 인정받고 싶은 마음은 없었다.

다른 데 가져가면 된다. 인정해 줄 만한 곳으로.

탁!

채가려는 종이를 소장이 눌러 잡았다.

자존심 상하는 듯 눈을 부라리며 말했다.

"아, 누가 맘에 안 든댔어?"

"맘에 안 드시는 것 같아서요. 저도 할 일 많아 바쁘거든요. 이거 놓으시죠. 소장님!"

종이가 찢어질 듯 팽팽해졌다. 찢어지라지 뭐.

"맘에 든다고! 맘에 들어!"

다시 직원들에게 불똥이 튀었다.

"맘에 안 드는 놈 손 들어! 최 과장 너야? 박 대리 네가 그랬어?"

지명당한 두 사람이 어깨를 으쓱했다.

'그런 적 없다고요. 엄지 드는 거 못 보셨나 봐요?'라는 꿍

장히 억울한 표정이었다.

소장이 다시 나를 쳐다본다.

"봐. 다 맘에 든다잖아."

내가 별로 대답이 맘에 안 든다는 낌새를 보이자 소장이 버럭 소리를 질렀다.

"아, 맘에 든다고. 맘에 들어. 이거 봐! 찢어지잖아."

그림 그린 종이를 놓았다. 얼른 소장이 내 손길이 닿지 않는 품속으로 그것을 챙겼다.

소장에게 말했다.

"우리는 타일 대신에 고무 타일을 써야겠죠. 아이들의 안전에 신경을 써야 하니까요."

"그래그래. 오케이! 성훈이 안건에 이견 있는 사람?"

무슨 이견이 있겠냐만 꼭 직원들에게 확인을 해야 속이 시원한 소장이었다.

'언제부터 그렇게 민주적이었다고. 쳇!'

이미 소장의 마음이 돌아섰는데, 이견이 있을 리가 있나!

모두의 머리를 어지럽히던 문제가 해결되었다.

소장은 안심한 얼굴로 다시 담배를 꺼내 물었다.

'지금 말하면 되지 않을까?'

소장에게 아까의 수정 건 이야기를 다시 꺼냈다.

"그런데 지금 시간이 많지 않아요. 갑자기 튀어나온 생각이라서 계산 밖의 일이었거든요."

"왜 또! 뭐가 문젠데?"

'이제 내가 무슨 말만 하면 경기부터 일으키네! 고마워해
야지.'

"수정하라고 하신 것과 이것 둘 중에 하나에 집중해야 할
것 같아서요. 물론 시간이 되면 둘 다 하겠습니다."

소장이 과장을 돌아보며 물었다.

"최 과장! 그거 꼭 해야 되는 거야?"

"그거…… 소장님이 해야 된다고……."

마뜩찮은 듯 과장이 말꼬리를 흐렸다.

"그만! 뭘 사람이 이랬다저랬다 해! 꼭 해야 되는 건 아니
라는 거네? 그렇지?"

"네."

과장은 뭔가 억울한 듯했지만 소장의 윽박에 마지못해 수
긍했다.

죄 없는 과장에게 소장의 면박이 뒤따랐다.

"과장이나 돼 가지고 말이야. 일의 우선순위를 몰라. 어찌
된 게!"

소장이 직원들에게 으르렁거렸다.

"니들! 오늘 한 일도 없으니까 구엘 공원 사진 보고 도면
그려서 성훈이한테 넘겨! 오늘 내로 끝내! 알았어?"

소장은 명령을 내리고는 약속이 있다면서 서둘러 나가 버렸다.

말이야 쉽지, 그게 어디 쉬운 일인가?

직원들만 죽어나게 생겼다.

직선에만 익숙한 사람들에게 곡선을 그리라고 하다니?

캐드로 그리면 되지 않느냐고?

'어렵지. 많이 어렵지.'

규격화를 할 수 없기에 가우디를 따라 할 수 없는 것이건만!

머리칼을 뜯고 있는 과장에게 다가갔다.

과장이 나를 보며 말했다.

"성훈 씨, 아까는 진짜 고마웠어. 머리가 빠개질 것 같았거든. 자네 아니었으면 밤새 소장한테 욕먹었을 거야."

그 와중에도 고맙다는 인사를 잊지 않았다.

"뭘요. 그냥 운이 좋았던 거죠?"

가우디 전집에 있는 구엘 공원의 사진을 뒤적이며 과장이 말했다.

"야! 그런데 어떻게 그런 생각을 했어? 우리는 아무도 생각을 못 했는데."

과장은 정말 놀라웠던 모양이다.

그런 과장에게 말했다.

"하지만 지금 문제는 그게 아니잖아요."

과장의 모니터에는 구불구불한 라인들이 끝맺음되지 못한 채 그려져 있었다.

그걸 보던 과장은 다시 머리를 부여잡았다.

"그렇지. 문제는 그게 아니지. 휴!"

해결할 수 없는 문제를 당면한 과장이 불만을 토로했다.

"이게 말이 되냐? 무슨 수로 그걸 그리냐?"

과장의 불평이 터져 나왔다.

내가 봐도 말이 안 되는 주문이었다.

'나 때문에 하지 않아도 될 고생을 하면 나를 미워하지 않을까?'

그런 걸로 욕먹고 오래 살고 싶지 않았다.

"과장님, 제가 모델링해서 단면도 떠 드릴게요. 그거 놓고 똑같이 그리세요. 어차피 심사위원들이 도면 보겠어요? 놀이터 투시도 하나 크게 뽑으면 그쪽으로 시선이 다 쏠릴 건데요."

해결책을 내어놓자 과장이 반색을 했다.

"정말? 고마워, 성훈 씨. 나 그거 그릴 생각하니까 머리가 빠개질 것 같더라. 덕분에 살았어."

그리고 다른 동료들에게도 말했다.

"지금 하는 거 중지! 나중에 성훈 씨가 모델링한 거 본 떠

준다니까. 그거 대고 그려!"

"진짜요? 그래도 돼요? 과장님! 아, 짜증 나 돌아버리는 줄 알았네. 고마워, 성훈 씨."

사무실 사람들의 감사 인사에 나는 손을 내저었다.

"뭘요. 제가 낸 아이디어 때문에 오히려 곤란하셨잖아요. 제가 다 민망하더라고요."

어디를 가나 오너는 공공의 적이다.

과장이 씁쓸하게 웃으며 말했다.

"괜찮아. 소장이 저러는 거 하루 이틀 일도 아니고, 저 혼자 잘났지!"

"그래도."

"큭! 그래도 그 인간, 아무 말 못 하는 거 보니까. 속이 다 시원하더라."

"……."

"그리고 우리도 설계 당선되면 보너스 받을 건데. 잘되면 좋지 뭐. 잘 좀 해줘. 성훈 씨 손에 달렸어."

"그렇다면 다행이고요."

"소장, 저 인간. 말은 저따위로 해도 돈 가지고 장난은 안 친다. 그거 하나 보고 여기 있는 건데."

과장이 다른 동료들에게 말했다.

"공짜로 받아먹을 거냐? 넌 가서 커피 한 잔 빼오고, 넌 음료수 사 와. 얼른 안 움직여?"

사자가 없으면 여우가 왕이었다.

지금은 일요일 밤이다.

마감은 월요일 정오!

드디어 내일이면 이 고된 작업이 끝난다.

'진짜로 한번 불태워 보자.'

이건 내 결심이다.

소장은 자기 의자에 널브러져 있다. 나이가 나이인 만큼 체력적인 한계에 부딪혔을 것이다.

72시간을 쉬지 않고 고군분투했으니.

"소장님, 이대로 가실 겁니까?"

"이제 더 어떻게 할 것도 없다. 우리가 할 건 다했다."

"후면 디자인 조금만 더 손보면 좋을 것 같은데요."

"너 그런 거 잘하잖아. 뭘 해도 아무 말 안 할 테니까. 알아서 해!"

'당신이 결정권자거든요. 네?'

조금만 더! 조금만 더!

이제 그 이야기를 내가 하고 있다.

내가 할 작업은 이미 끝났다.

모델링도, 매핑도, 렌더링까지!

"몰라. 몰라. 과장이랑 의논해 봐! 난 내일 설명해야 된다고."

소장이 짜증을 부렸다.

40대 중반!

이제 관록이 조금씩 생기고, 인생의 단물 쓴물을 어느 정도 가릴 줄 아는 나이다.

스스로의 사업을 생각할 나이이고, 일을 알고 열정적일 나이이건만 따라주지 못하는 몸을 어쩌랴!

누굴 비웃을 일이 아니다. 나 또한 얼마 전까지 저 모습이었으니.

일에 녹초가 된 파김치.

가족의 미래를 어깨에 짊어지고, 욕설과 비난의 콜타르 위를 걸어가야 한다.

한 발만 삐끗하면 그 오물을 온 가족이 뒤집어쓰게 된다.

사랑하는 딸이, 귀여운 아들이.

이제는 과장을 붙들고 늘어졌다.

책상에 앉아서 면벽 수련이라도 하는 양 퀭한 눈으로 모니터만 보고 있다.

윈도우 98 화면 보호기만 그의 눈을 어지럽히고 있다. 비

몽사몽이겠지.

정신없는 과장을 붙들고, 교실동 후면의 디자인을 변경
했다.

'사실 그렇게 눈에 확 띄지는 않겠지. 하지만 두고두고 사
용하면서 그 가치를 알게 될 거야.'

가우디의 작품들은 백 년이 지난 지금도 명작으로 추앙받
고 있다.

그는 자신이 지은 '사그라다 파밀리아' 성당에서 영원한 안
식을 취하고 있다.

천주교 쪽의 특별한 배려가 있었다고 한다.

'하긴 그런 천재를 모시지 않으면 누굴 모시겠어.'

나는 가우디만큼의 독창적인 천재는 아니지만 적어도 내
디자인에 대한 책임감은 가지고 있었다.

'보면 볼수록 지겨운 벽은 오래 남지 못하지.'

나는 교실동의 후면 벽에 나만의 장난을 쳤다.

잘 드러나지 않지만 은근한 아름다움을.

드디어 패널 작업까지 끝을 마쳤다.

지금 나는 피폐하다.

정신과 육체가 말도 못 하게 부서졌다.

부스스한 얼굴에 떡이 진 머리, 눈 밑의 다크서클.

사흘 동안의 밤샘 전투의 결과였다.

　혼신의 힘을 다한다는 것은 이런 것을 말하는 게 아닐까?

　소장이 말했다.

　"성훈아, 수고했다. 이건 충분히 당선될 거다. 당선 못 시키면 그건 내가 잘못한 거겠지."

　소장은 마무리된 작품을 상당히 맘에 들어했다.

　내가 아는 소장이라면 그에 걸맞은 결과를 만들어낼 것이다.

　'입은 뭐 같아도, 일은 제대로 하는 인간이니까.'

　소장은 어느새 면도를 끝내고 깔끔한 정장을 갖춰 입었다.

　그도 이제 진짜 전투에 돌입하는 것이다.

　그만이 할 수 있는 전투!

　소장의 등을 떠밀었다.

　"전 좀 씻고 바로 시청으로 갈게요. 꼴이 말이 아니네요."

　"흐흐. 그래. 네가 한 일이니까. 결과도 봐야지. 그럼 나는 최 과장하고 출력해서 바로 간다. 거기서 보자."

　다른 건축사들의 설명이 끝나고 그의 차례가 왔다.

　말끔한 정장을 차려입은 그가 지휘봉을 들고 자리에 섰다.

그는 다른 사람들과 달리 건축에 대해 말하지 않았다.

패널의 도면과 사진들을 짚어가며 설명을 했다.

"이곳이 우리 사무소에서 가장 강조하는 곳입니다. 아이들이 뛰어놀아야 하는 공간."

심사위원들이 그의 말에 귀를 기울였다.

그 자리에는 교육청 관계자들도 있었다.

초등학교를 발주하는 것이니 관심을 보였던 모양이다.

"교육은 백년대계라고 말합니다. 아이들은 나라의 보배입니다. 상상력이 빈약한 아이들이 되어서는 안 됩니다."

마치 교육감 선거에 나간 것처럼 아이들의 미래를 말했고, 교육에 대해서 말했다.

"다양한 스펙트럼으로 세상을 볼 수 있는 장소가 아이들에게는 필요합니다."

지휘봉으로 물결치듯 가우디의 곡선을 가로질렀다.

"이 놀이터에 저는 우리나라 교육의 미래가 있다고 생각합니다."

그리고 내가 후면 벽에 장난쳐 놓은 것은 또 언제 봤는지 그것에 대한 설명도 이어졌다.

"그저 벽돌로만 된 밋밋한 벽이라면 몇 년만 지나도 지겨워질 것입니다. 그래서 우리는 후면 벽을 이렇게 장식했습니다. 아이들이 자라서 수십 년 후에 다시 학교를 찾았을 때 추억거리가 되지 않을까요?"

모자이크처럼 요철 무늬를 넣어 벽에 그림을 그리면서 단조로움을 없앴다는 사실을 강조했다.

'내가 이렇게 이 학교에 신경을 썼다고요. 꼭 알아봐 줬으면 좋겠어요. 심사위원님들!'

이런 의미였다. 물론 그는 센스 있게 잘 설명했다.

그런 소장의 어필은 심사위원들에게 잔잔한 웃음을 자아내게 만들었다.

설계 경기는 도산건축사 사무소의 승리로 돌아갔다.

심사위원들과 함께 사무소 식구들이 사진을 찍었다.

멀찍이 떨어져서 그 모습을 지켜보던 나와 정희를 소장이 손짓으로 불렀다.

"뭐 해? 이리 와. 일등 공신이 거기 있으면 어떡해!"

큰 소리로 나를 부르면서 심사위원들에게 소개를 시켰다.

"우리 조감도에 있는 사진 전부 이 친구가 그렸습니다. 잘 그렸지요."

너스레를 떨면서 과하지도 않고 덜하지도 않게 심사위원들에게 나를 각인시켰다.

'햐. 정말! 이런 건 또 귀신같이 챙기네.'

자신이 나를 이렇게 챙기고 있다는 것을 이런 식으로 나에게 각인시키다니!

이런 게 관록이라는 건가!

비슷한 나이 또래의 사람들과 달리 주변을 둘러볼 줄 아는 안목이 있었다.

작은 신문사들에서 당선을 축하하는 메시지와 함께 취재를 해갔다.

건물의 개념과 함께 그 건물에서 하고 싶었던 주된 메시지 등등.

그때서야 그는 자신이 이 건물을 얼마나 멋있게 설계했는지 구구절절이 늘어놓았다.

공간이 어떻고, 어떤 방식으로 구획을 했으며 얼마나 동선에 신경을 썼는지.

가우디의 구엘 공원을 어떻게 재해석을 했으며, 이것이 이 초등학교의 랜드 마크가 될 것이다. 등등.

그래 봐야 알아서 편집당하겠지만.

취재까지 끝나고 우리는 뿔뿔이 흩어졌다. 더 이상 잠을 참을 수가 없었다.

생생하게 살아 있는 사람은 정희밖에 없었다.

정희가 말했었다.

"오라방. 난 야근은 안 한다."

"왜? 돈 더 줄게."

"피부 상한다. 안 해!"

'넌 출세는 다 글렀다. 이것아!'

싫다는 녀석을 붙들 수가 없었고, 그 결과 정희가 나를 태우고 집으로 가고 있다.

쿨. 쿨.

그날 밤. 우리는 다시 모였다.

소장의 호출이었다.

"다들 수고했는데, 술은 한잔해야지. 다 나와!"

나? 나는 안 갔다.

'내가 거길 왜 가? 볼 거 다 보고, 돈 다 받았는데. 내가 자기 직원이야?'

필요 없는 장소에 시간을 버릴 정도로 나는 한가한 남자가 아니었다.

이건 내 생각일 뿐이고, '안 오면, 소장 개지랄 할 거다. 제발 나와줘!'라는 과장의 부탁에 결국 나가고 말았다.

한우 불고기 집에서 저녁 8시부터 시작된 술자리는 11시가 되어서야 끝이 났다.

모두 배부르게 먹고 헤어져 집으로 돌아가는데 소장이 나를 잡았다.

"우리 술이나 한잔 더 하자."

"소장님, 많이 취하셨네요. 저도 이제 갈랍니다."

"어허이! 어른이 붙잡으면 엉, 못 이기는 척하고 따라올 줄도 알아야지!"

버리고 갈까? 잠시 고민했다.

'그래도 두고두고 돈줄이 될 건데. 쩝.'

돈인지 인정인지 몰라도 그와 함께 막걸리집으로 따라갔다.

"여기가 내 단골이야. 내가 여기 15년 전에 사무실을 내놓고, 계속 여기서 술 먹었거든. 꼭!"

처음 보는 그의 흐트러진 모습이었다.

처음으로 설계 경기에서 당선이 되었던 만큼 승리감에 도취되었던 모양이다.

술에 취한 그가 말했다.

"성훈아, 거기 앉아 있던 사람들. 다 나보다 똑똑한 사람들이다."

그럴 것이다. 그렇게 높은 자리에 올라가기까지 얼마나 많은 사람과 경쟁했을 것인가?

적자생존이 아닌 강자독식의 한국 사회에서 말이다.

"그 사람들한테 말로 설득하려고 하면 큰 코 다친다."

가만히 듣고 있었다.

'자기가 무슨 말을 했는지 내일 되면 생각이나 날까?'

그 정도로 그는 만취해 있었다.

"나도 당신하고 비슷한 레벨이다. 하면서 다가가야 한다."

그의 목소리가 높아졌다.

"나도 당신만큼 알고 당신만큼 소양이 있는 사람이다. 어필해야 한다! 이 말이다."

그의 설교는 이어졌다.

"그 사람들이 잘 아는 게 뭐겠냐? 우리처럼 건축을 알겠냐? 모른다. 공간이 어떻고, 이게 왜 좋고, 설명해도 모른다. 절대로 모른다. 그런 사람들한테는 공자 왈 맹자 왈이 훨씬 잘 먹힌다."

화장품이 필요한 사람한테는 이걸 어떻게 사용해야 예뻐지는지를 설명해야 한다.

어떤 화학제품이 들어가고 어쩌고저쩌고 전부 헛소리다.

그런 전문적인 백 마디 말보다 당신이 원하는 건 이거다. 그들이 아는 말로 설득하는 게 훨씬 빠르다.

소장이 말했다.

"내가 우리 직원들 도면 그릴 때, 책상에 앉아서 책 보는 거 봤지?"

"네, 항상 책을 보시던데요."

"그거, 공부하는 거다. 인문학 공부, 교육학 공부."

약간 의외였다.

저 혼자 잘난 줄 알고 오만하게 큰소리치던 사람이 이런 면이 있을 줄이야.

"나도 성공하고 싶다. 남들 안 부럽게 떵떵거리고 살고 싶다."

막걸리 한 사발을 들이켜며 그가 말했다.

"솔직히 말해서 처음에는 아깝더라. 한 500만 원 정도 생각했었거든."

큭! 그랬던 거다.

전생의 그는 500만 원으로 타협을 볼 요량으로 처음에 300만 원을 불렀던 거다.

전생의 내가 좀 더 담대했었다면, 내 가치를 좀 더 높이 봤었다면 500만 원에서 줄다리기를 했었을 것이다.

다만 그 시절의 나는 너무 순진했었고, 그 모습이 소장에게는 봉으로 보였던 것이다.

"허."

속으로 헛웃음을 삼켰다.

지금의 나는 소장의 마지노선을 부수고, 2배의 금액을 불렀다. 최종적으로 3배의 금액을 받아냈다.

그런데도 그는 승낙을 했었다.

'소장은 과연 나를 어떤 사람으로 봤을까?'

그 대답을 소장이 해줬다.

"그런데 너라는 놈, 만만찮더라."

사발을 들어 또 한 잔 마시고는 말을 이었다.

"새파란 친구가 1,500만 원을 부르는데, 접을까 했었다. 말이 되냐? 1,500만 원이 뉘 집 애 이름이냐? 그런데 거기서 500만 원을 자르더라. 상여금으로 달라고. 너. 사람 잘 후려 치더라. 나이도 어린놈이. 그래서 한번 믿어보기로 했다. 배 짱은 좋은데, 실력도 그만큼 되는지 보자. 오기로 나도 질러 버린 거다."

내가 웃으며 물었다.

"지금은 어떠십니까? 손해 보신 기분입니까?"

"흐. 손해는! 그럼 내가 너 데리고 여기 왔겠냐? 우리 사무 실 직원들도 한 번도 안 데리고 왔는데."

그가 호탕하게 웃으며 말했다.

"야! 김성훈이, 너한테는 1,500만 원 하나도 안 아깝다. 대 답이 됐냐?"

딱딱한 나무 의자를 툭툭 치며 나를 불렀다.

그의 옆으로 다가갔다.

"고맙다, 성훈아. 담에 또 하게 되면 우리 사무실만 해주 라. 딴 데 가면 안 된다."

그가 누가 들을 새라 소곤거리는 목소리로 어깃장을 놓았다.

내가 아무 말을 하지 않자 눈을 똑바로 쳐다보며 물었다.

"너! 우리 사무실에 디자인 실장으로 안 올래? 월 500만 원 줄게."

"싫거든요. 소장님!"

"왜? 그 정도 대우해 주는 데가 있는 줄 아냐? 대기업 가도 그 정도 안 준다."

"그냥 '건 바이 건'으로 할랍니다. 필요하면 불러주십시오."

'얼마나 부려 먹으려고, 분명히 투시도 안 해도 될 일도 하라고 할 거면서.'

딱 잘라 선을 긋는 나의 말에 소장이 투정을 부렸다.

"에이, 더럽게 비싼 놈. 담에 할 때도 그 이상은 안 돼! 절대 안 돼! 알았지!"

가격을 낮추자는 말은 입에도 담지 않았다.

내 입에서 '하기 싫다'는 말을 듣기 싫어서였을까?

지금…….

전생에서는 나를 봉으로 여기던 그 소장이, 지금은 나를 그렇게 보지 않는다.

무엇이 계기가 되었던 것일까?

금액을 높이 부른 것?

일을 하면서 맺고 끊음이 확실했던 것?

사무실의 곤란함에 아이디어를 제공했던 것?

시키지 않은 것에도 디자인을 넣으며 일을 주도했던 것?

무엇이 정확히 그 계기가 되었는지는 알지 못한다.

이것들 중의 하나라도 없었다면 과연 그는 나를 제대로 대우해 줬을까?

예전의 그날처럼 300만 원을 받고 딱 부러지게 일했다면 지금처럼 나를 귀하게 여겼을까?

이렇게 자신의 아지트로 데려와서 술을 먹일 정도로?

300만 원을 주었다면 딱 300만 원의 기대치를 가지고 나를 바라봤을 것이다.

1,000만 원이었기에 눈동자를 초롱거리며 나를 지켜봤을지도 모른다.

'이놈이 정말 1,000만 원의 값어치를 할 것인가?'라는 기대를 가지고 말이다.

그런 가운데서 이것 한 가지는 확실했다.

'자신의 가치는 스스로 만들어가는 것이다. 남이 불러주는 금액이 아니라!'

그와의 거래 이후, 나는 일의 규칙을 만들었다.

돈의 가치란 상대적이며 나와 일하는 사람이 손해를 본다는 느낌이 없도록 해야 한다는 것이다.

십만 원이든 일억이든 한 시간이든 일 년이든.

내가 받아야 할 금액만큼 부른다. 과욕을 부리지 않는다.

지불한 금액만큼 일을 해준다. 그 이상 일하지도 않는다.

대신 금액을 지불한 사람이 더 받았구나, 하는 느낌이 들도록 해야 한다는 것이다.

그래야 아까운 마음에 속상하지 않고, 이득을 봤다는 생각을 하게 된다.

그는 여전히 내게 나쁜 사람이다.

강자에게 비굴하고, 약자에게 오만하다.

그는 충분히 사회적인 지위를 확보하고 있고, 그 지위를 휘두를 줄 아는 사람이었다.

그럼에도 누군가의 자상한 아버지고, 누군가에게는 둘도 없는 아들일 것이다.

소장은 경쟁에서 살아남기 위해 대부분의 사람들은 포기한 공부를 아직도 하고 있었다.

보기만 해도 머리가 아픈 '공자'와 '맹자'를 고리타분한 성현들의 말을 자신만의 언어로 재해석하여 심사위원들을 설득했다.

자신의 전공 분야인 건축이 아닌 설계 의뢰자의 취향을 고려하여 자신의 건축을 설명하려 노력했다.

전생의 나는 과연 그런 노력을 해본 적이 있었던가?

나는 스스로에게 물어본다.

"김성훈, 너는 지금 성공적인 삶을 살고 있는가? 네가 바라는 건축가의 길을 걷고 있는가?"

또 물어본다.

"너는 바로 가고 있는가? 돈에 집착을 하고 있는 것은 아닌가? 돈으로 환산할 수 없는 것을 얻어가고 있는가?"

이 물음이 끝날 때는 내 인생의 마감 날일 것이다.

설계의 완성은 마감에서 결정된다.

잘된 것인지, 실패한 것인지.

그리고 그것을 판단하는 것은 나 자신이 아닐 것이다.

아마도…….

17장
팀 과제

전화가 왔다.

이름도 듣지 못한 건축사 사무실이었다.

"무슨 용건이신지."

−네, ○○건축입니다. 도산 소장께 소개받고 전화를 드렸습니다.

'엥. 소개? 이 사람들이⋯⋯.'

"현상설계 건이면 전화 잘못하셨습니다. 당분간 일정 없습니다."

나도 인간인데, 쉬어야 한다. 사흘 밤새우고 몸 축나는 게 느껴질 정도였다.

'정해진 수명대로 사는 게, 내 이번 생의 소원이라고.'

-네, 현상설계 건이 아니라 건물 디자인에 도움을 좀 받을까 해서요. 도산 소장이 칭찬을 엄청 하더라고요.

"당장 급한 일은 아니라는 말씀이시죠? 그럼 다음에 연락 주세요."

'디자인? 다음에 소장 만나면 물어봐야겠다.'

지금 내 주변에는 잠시라도 방심하면 일을 맡기려는 사람 투성이였다.

　

한 교수의 설계 수업이었다.

"구조를 모르고 건축에 대해서 말한다는 것은 어불성설이다."

구조를 가장 잘 이해하기 위해서는 직접 만들어 봐야 한다면서 한 교수는 세네 명씩 팀을 짜고, 2주간 모형을 만들어 오라고 했다.

학생들의 불평이 터져 나왔다.

"교수님, 2주면 너무 빡세다고요."

교탁을 지휘봉으로 두드리며 교수가 말했다.

"나도 알아. 그런 고로 이번 모형 과제에는 부상을 걸도록 하겠다."

성급한 학생 하나가 물었다.

"그게 뭡니까? 교수님!"

한 교수는 자신의 컬렉션 중의 하나인 'GA document' 30권을 걸었다.

1980년대부터 일본에서 출간된 유명 건축 잡지였다.

학생들이 구입하기에는―권당 4만 원 정도 했으니―상당히 부담되는 가격이었다.

하지만 그보다 중요한 것은 이미 절판되어서 구할 수 없는 것도 있었다.

어린 학생들의 눈에 총기가 돌았다.

"부상이 걸린 만큼 최선을 다해 주리라 믿는다. 하지만 일등이라고 해도 내 맘에 안 들면 국물도 없을 줄 알아. 이상!"

한 교수는 자기 맘에 들어야 한다는 다분히 주관적인 기준을 제시하며 엄포를 놓고는 교실을 나갔다.

교수가 나가고 아까부터 울리던 전화기를 집어 들었다.

도산건축 사무소의 과장이었다.

"과장님, 왜요? 현상설계 건 다 끝났는데."

―서류 제출하려는데 수정할 게 하나 있네. 오늘 넘겨야 되는 거다. 급해. 빨리 좀 와 줘!

'끙. 내가 음료수 얻어먹은 정이 있어서 간다.'

전화를 끊고 가방을 들고 나오는데, 과대가 불렀다.

"성훈 선배, 팀 짜야 되는데 어디 가세요?"

"미안하게 됐다. 약속이 있어서. 누구라도 상관없으니까 네가 알아서 좀 짜 주라."

다급하게 교실을 빠져나왔다.

그 결정이 나를 그렇게 골머리 아프게 할 줄은 몰랐었다.

우리 팀은 나를 포함하여 3명이었다.

나 93학번, 최민수라는 94학번, 김한석이라는 97학번.

"민수야, 한석이 늦는다고 연락 왔었냐?"

내 말에 민수는 말없이 고개를 젓는다.

'김한석, 이 자식! 지가 약속 시간을 잡아놓고는! 남의 시간을 날로 먹어?'

한석이라는 녀석은 별명이 건축과 꼴통이었다.

수업 시간 대출은 보통이고, 그 시간에 여자들 만나러 다닌다고 정신이 없는 놈이었다.

전화를 하려는데, 문이 열렸다.

한석이었다.

우리 둘의 얼굴을 보고는 뒤통수를 긁으며 어기적거리며 다가왔다.

"안녕하세요. 선배님들!"

내 나이가 있어 어른스러운 대처를 하고 싶었지만 넘치는 혈기는 생각과 다른 말을 했다.

들고 있던 책을 덮었다.

"야! 김한석."

"네? 선배."

"약속 시간 네가 정한 거 아니냐?"

"예, 맞는데요."

"제시간에 맞춰 왔냐?"

시계를 힐끗 보더니 히죽대며 말했다.

"에이, 선배 겨우 10분인데, 뭘 그러세요?"

"……"

팔짱을 낀 채 아무 말 없이 녀석을 째려봤다.

제 시간 아니라고 무가치하게 생각하는 개념 없는 녀석을.

"저…… 선배님, 앞으로……."

한석의 말을 끊었다.

"됐고! 앞으로 약속 시간에 늦으면 팀에서 뺀다. 싫으면 지금 말해. 내가 빠질 테니까."

"선배, 이번에 모형 만드는 거라서 혼자서 힘드실 건데요."

"흥. 팀 해체되면 네가 신경 쓸 바가 아니지 않냐?"

어물거리는 한석에게 딱 잘라 말했다.

"하나만 확실히 한다. 늦으면 뺀다. 난 약속 시간 어기는 인간, 진짜 싫어해."

시간을 훔치는 것은 돈을 훔치는 것보다 더 나쁜 짓이다. 보상이 불가능하므로.

녀석은 내 눈치를 보면서 말했다.

"앞으로 안 늦을게요. 민수 선배, 안녕하세요."

민수는 힐끗 얼굴만 보고 인사도 겨우 하는 듯 마는 듯하고 다시 노트로 시선을 옮겼다.

'아, 어쩌냐! 앞날이 캄캄하네.'

일주일 만에 끝낼 수 있다면 후딱 끝내 버리겠건만 그런 과제가 아니었다.

'적어도 2주는 해야 할 텐데…….'

시간이 아까워서 내가 먼저 말을 꺼냈다.

"모이자고 한 안건이 뭐냐?"

"그게 저, 과대가 뭐 만들지 정해서 올리라고 하더라고요. 선배님들 생각은 어떠신지 싶어서."

민수를 힐끗 쳐다봤다.

'대답을 바라기는 무리겠지.'

녀석은 아까 날 만났을 때부터 한마디도 하지 않았다.

한석에게 물었다.

"넌 뭐 생각해 온 것 있냐?"

"네? 전 선배들 말 듣고 따라가려고 했는데요."

훅 하니 가슴을 치고 오르는 짜증!

'그럼 그런 안건은 전화로 미리 말하든가! 생각이라도 해서 오게.'

안건을 알고도 아무 생각 없이 온 이놈은 또 뭐냐?

대책 없는 후배가 아닐 수 없었다.

안 물어본 내가 잘못이지. 바쁜 와중에 용건을 놓치고 말았던 것이다.

그럼 물어볼 사람은…….

"민수, 넌 만들고 싶은 거 있냐?"

이젠 아주 귀찮다는 듯이 고개도 안 돌리고 머리를 흔든다.

이 녀석은 히키코모리냐?

'아오, 빡쳐!'

이건 '다다익선' 명장 한신이 와도, '지피지기 백전불태' 지장 손무가 와도 이 멤버로는 안 되겠다.

한석에게 물었다.

"네가 팀 대표지?"

"네? 아뇨? 그냥 형들 불러 모을라고 전화 한 거지. 전 그런 거 안 해요."

책임질 일이라고 있을까 봐서 잽싸게 손을 내젓는다.

"그럼 민수 네가…… 아니, 내가 팀 인솔한다. 잘 따라와.

알아들었어?"

화는 내지 않았지만 내 살벌한 분위기를 눈치챘는지 막내 녀석이 잽싸게 대답한다.

"네, 선배."

끄덕.

둘에게 물었다.

"인상적이었던 건축물 있으면 얘기해 봐라. 만드는 데 어려움은 없는지, 시간은 얼마나 걸릴지 판단해 보자."

아무도 대답하지 않았다. 애초에 큰 기대를 하지는 않았지만.

생각에 잠겼다.

가장 간단하면서도 그 구조미를 살릴 수 있는 것.

'전생에선 뭘 했더라. 아! 간사이국제공항을 했었지. 해볼까?'

전생에서는 '아크릴 바(Bar)' 몇 개로 공항의 전체를 가로지르는 중심축을 잡고 나머지 작은 부재들은 작은 아크릴과 순간접착제로 트러스구조를 만들면서 마무리했었다.

그것도 시간이 간당간당하게 마감을 맞췄었는데, 이 멤버로는……

나는 그때 무슨 생각으로 그 말을 꺼냈는지 모르겠다.

그냥 구조미 하니까 생각이 났을 뿐이고, 해보고 싶었다.

이번이 아니면 평생 할 기회가 없을 것 같았다.

"에펠탑 아냐?"

한석이 재빨리 말을 받았다.

"에이, 프랑스 파리 에펠탑. 그거 모르는 사람도 있어요? 선배도 참!"

"그걸로 가자."

"네!"

그럴 줄 알았다.

대뜸 대답하는 한석을 보며 얼마나 건축에 대한 상식이 없는지 금방 알 수 있었다.

사람들은 알고 있다고 생각하지만 사실은 아는 것이 아니다.

'안다'는 말에는 그 낱말의 뜻보다 더 깊은 의미가 있다.

에펠탑은 프랑스 교량 기술자 구스타브 에펠의 작품이며, 1889년 프랑스대혁명 100주년을 기념하는 파리 만국박람회의 기념탑으로 세워졌다.

완공 당시 프랑스의 파리지엔들이 파리의 경치를 해친다고 해서, 철거하기 위해 서명운동을 할 정도로 흉물로 평가를 받았다.

원래 20년 후, 철거될 예정이었으나 통신 탑의 용도로 사용되며 그 가치를 인정받았고 지금은 파리의 명물로 남아 있다.

1930년, 뉴욕에 크라이슬러 빌딩이 생기기 전까지 40년간 세계에서 가장 높은 건물이었다.

7,300톤의 철로 만들어진 이 탑은 18,000여 개의 철골자재와 50여 만 개의 리벳으로 조립되었다.

그 외에도 관련된 역사적 사실을 열거하면 밑도 끝도 없이 많을 것이다.

파리에서 그 구조물의 위용을 보고 얼마나 감탄을 했던가!

'그 어마어마한 무게를 300m 이상 쌓아올렸다니.'

나는 도전을 하고 싶었다.

학교생활에 기억에 남을 만한 결과물은 만들고 싶었다.

'무모한 도전이지만 해볼 가치는 있어.'

자잘한 작은 자재를 제외하고, 눈에 보이는 철골 자재들만 한다고 해도 개수 측정이 불가능하다.

그러나 단순한 트러스 구조의 누적으로만 만들어진 에펠탑이니, 구조미만큼은 세계 최고라 하겠다.

'한 교수가 제시한 기준에 이보다 딱 맞는 구조물은 없어.'

욕심이 앞을 가린 것인지, 아니면 건축 구조에 대한 욕망이 나를 지배했는지 나는 결정을 하고 말았다.

하중의 크기와 힘의 방향을 이처럼 적나라하게 드러내는 건물이 또 있을까?

삼각형은 가장 안정적인 구도이며, 또한 가장 강력한 구조라고 말한다.

그 단순한 트러스의 수많은 누적으로 만들어진 것이 에펠탑이었다.

'난관은 있겠지만, 이걸 하고 나면 얻는 게 더 클 거야.'

그렇게 나는 무모해 보이는 도전을 하기로 했다.

내가 만약 다시 그때로 돌아간다면 절대로 하지 않을 것이다.

다른 사람이 한다고 해도, 두 손 들어 말렸을 것이다.

이 히키코모리와 소문난 꼴통 이인조를 데리고.

둘의 얼굴을 보다가 교실 천장을 보며 혼자 헛웃음을 지었다.

'완성하는 데 의의를 두자. 한 교수에게서 부상을 타 먹는다는 건 말도 안 되는 생각이겠지. 허 참.'

에펠탑에 대해서 조사할 것들을 나누고, 각자의 분량을 해서 다시 만나기로 했다.

"특히 너 꼴통, 제대로 안 해오면 죽을 줄 알아. 엉!"

'내가 이런 사람이 아닌데, 자꾸 옛 모습이 나오게 만드네.'

지난날, 힘겨운 삶을 살면서 건축에서 멀어지고 말았지만 그래도 기억나는 것이 있다.

'전생의 이맘때, 간사이국제공항을 만들면서 '렌조 피아노'

가 왜 이런 구조를 사용했는지 이해할 수 있었지.'

직접 만들어 보지 않으면 알 수 없는 것이 세상에는 많았다.

둘과 헤어지고 나서 교수실로 갔다.

"교수님, 저 이번 팀 작업 혼자 할 수도 있습니다."

"왜? 뭐 때문에?"

한 교수는 화들짝 놀라면서 내게 물었다.

'왜 한 교수가 저렇게 과민반응을 하는 거지?'

아까 있었던 일을 말했다.

"저런 애들이랑 어떻게 과제를 해요. 한 녀석은 히키코모리, 나머지 한 놈은 꼴통."

"야! 물살 맘대로 결정하냐? 그걸?"

"그럼 어떡해요. 이러다간 과제고 뭐고 제가 먼저 화병 나서 죽을 것 같은데요."

"안 돼!"

'무슨 소리를 하는 거냐? 이 인간아.'

이건 분명히 뭔가 속셈이 있는 거였다.

한 교수 책상 앞으로 다가갔다.

"교수님, 속셈이 뭡니까? 솔직히 말씀하세요."

딴소리 못하도록 못을 박았다.

한 교수는 잠시 머뭇거리다 말을 이었다.

"큼…… 성훈아, 민수가 어떤 애인지 아냐?"

"제가 어떻게 알아요?"

한 교수는 사실을 토해냈다.

"너 대목장 최기형 옹 알지?"

"당연히 알죠. 어떻게 몰라요?"

대목장, 그러니까 전통 건축을 짓는 것에 관련된 장인을 대목장이라고 한다.

그는 무형문화제 74호 대목장에 지정된 인물이며, 현재 살아 있는 몇 안 되는 대목장 중의 한 분이었다.

내가 가고자 하는 건축의 길 중, 큰 줄기는 전통 건축을 세상에 알리는 것이었으니 모를 리가 없었다.

한 교수가 말했다.

"그분 손자다."

"예? 그런 애가 여길 왜 와요?"

그 가업을 이어서 하면 될 일이지, 뜬금없이 건축과냐? 전통 건축이나 공예과도 아니고.

"모르지. 집안 사정이 있는 것 같아. 그런 것까지야 내가 알겠냐?"

"쟤가 여기 있으면 대목장은 누가 전수받아요?"

"장남이 이어받겠지. 민수 아버지는 차남이시래."

하지만 그게 나하고 무슨 상관인가?

"그래서요?"

"그래서는 무슨. 하하. 네가 원하는 건 인맥, 네가 원하는 건 전통 건축. 민수 하나 잘 잡아서 손해 볼 건 없잖냐?"

'반대로 말한 거 아닙니까? 교수님!'

"허허허. 그래서 제자를 미끼로 사용하시겠다 이 말씀이세요?"

"뭐, 어차피 능력 있는 놈. 이럴 때 안 써 먹으면 언제 써먹냐? 너 몸은 젊어도 생각은 중늙이잖아. 땡기지?"

"땡기긴 뭐가 땡겨요. 안 해요. 못 해요."

한 교수에게 짜증을 부렸다.

'이 인간은 뭘 할 때 상의를 하는 법이 없어. 베를린 건도 그렇고.'

그리고 마음 안 맞는 셋이 할 때보다 혼자 할 때가 편한 법도 있다.

"좀 부탁 좀 하자. 어떻게 엮을 건덕지가 있어야 나도 그분한테 얼굴 한번 비출 거 아니냐? 응?"

한 교수에게 따졌다.

"그럼 일부러 민수랑 엮으신 거예요? 지극히 개인적인 욕심으로?"

"쳇. 일부러는 무슨! 팀 다 짜고 나니까. 딱 세 명 남더란다."

"그게 무슨 말이에요?"

"너네 세 명이랑은 아무도 안 하려고 하더라고. 넌 개날라리, 민수는 히키코모리, 한석이는 꼴통!"

"……."

순간 말문이 막혔다.

개날라리라니!

20년 만에 듣는 별명이었다.

"왜? 과대 불러줄까? 대질시켜 줘?"

"아뇨, 됐어요."

"팀 선정 과정에서 꼼수 부린 건 없어. 그냥 팔자려니 해!"

아직도 개날라리라는 별명을 들어야 하다니. 힘이 축 빠졌다.

"네, 알았어요."

"제대로 안 꼬시면 학점 박살 날 줄 알아."

'민수가 여자냐? 꼬시게.'

차라리 여자라면 쉬울 텐데. 민수에게는 들이댈 게 없었다.

한 교수는 자신의 가장 강력한 무기를 휘두르며 나를 압박했다.

지극히 개인적인 욕망을 학점에 투영할 수 있는 인간이 한 교수였다.

'전생엔 이런 사람 아니었는데. 쩝.'

한 교수가 내준 두 가지 숙제가 하나로 줄었다. 그 하나가 두 배로 어려워서 문제일 뿐.

'한석이 녀석은 이렇게 어르면 될 것 같은데, 민수는 영 자신이 없는데.'

녀석들에게 학교 앞 고깃집으로 모이라고 했다.

'내 때는 밥 사주고, 고기 사주는 선배가 진리였거든.'

선심을 쓰면서 이 농땡이들의 마음을 사로잡는 것이 우선이라 생각했다.

한석이 녀석이야 흔하디흔한 후배 중의 하나였지만 민수는 그 의미가 약간 달랐다.

'뭐. 먹이다 보면 민수 입도 열리겠지' 하는 생각도 있었다.

민수는 먼저 와서 고기집 앞에 앉아 있었다.

성격은 조용하고 말이 없지만 약속은 잘 지키는 녀석이었다.

'과제 조사를 메일로 보낸 것을 봤을 때는 책임감도 꽤 있는 것 같던데.'

처음에는 히키코모리처럼 느꼈지만, 말이 너무 없는 것 빼고는 맘에 드는 녀석이었다. 의외로 진국일지도!

한석이 녀석은 또 보이지 않았다.

"한석이 녀석, 아직 안 왔어? 들어가자. 민수야."

민수는 읽고 있던 책을 덮고 식당으로 들어왔다.

'일단 말을 걸어 볼까?'

상대의 타입을 존중하는 것이 내 성향이고, 웬만하면 남에게 간섭하는 것을 싫어했다.

그러나 지금은 연합 작전을 펴야 할 때였고, 반드시 승리를 따내야 하는 상황이었다.

나를 위해서도, 한 교수를 위해서도.

"민수야, 아까 읽는 거 뭐냐?"

말하기 싫어하는 티가 역력했지만 어쩌랴 선배가 말을 거는데!

'꼬우면 네가 선배 하든가.'

어차피 한 팀으로 작업을 해야 하는데, 의사소통이 안 되거나 불편해서는 완료할 수 없다.

"그냥 소설이에요. '죄와 벌'."

"그래? 나도 옛날에 그거 읽었었는데, 도스토예프스키, 카라마조프가(家) 형제들도 읽었고."

물론 내 경우는 대학을 졸업하고 나서 서른이 한참 지나서야 읽었었다.

그것도 일하는 데 필요 없었다면 읽지 않았겠지만!

민수가 나를 신기하다는 듯이 바라봤다.

'그래! 읽다가 지겨워 죽는 줄 알았다. 무협 소설이라면 줄줄줄 읽어 댔겠지만!'

"왜? 난 그런 거 읽을 줄 모르는 사람으로 보이냐?"

민수의 열린 가방을 슥 쳐다보니 다른 책들도 있었다.

주역, 위대한 개츠비 등등.

주역은 사서삼경 중의 하나인 역경(易經)이었다.

'안 가리고 막 보는 타입인가 보네. 호기심이 많아서 그런가?'

나도 민수에게 흥미가 생겼다.

"다른 소설이야 몰라도, 주역은 강해서(講解書) 없으면 읽기 힘들 건데……."

민수는 한참을 망설이더니 내게 물었다.

"형, 혹시 아시는 강해서 있으시면…… 읽어도 잘 모르겠더라고요."

예전에 읽었던 주역에 관련된 강해서 몇 권을 추천해 줬다.

"여러 가지로 다 읽어 봐야 할 거야. 서로 다 자신의 관점에서 해석을 한 거라서 말이야."

"그래요? 그런 것도 있어요?"

'이놈 봐라. 지가 관심 있는 거에는 입을 슬슬 여는구만!'

아는 대로 설명을 해줬다.

이런 후배 귀엽지 않던가!

"원래 경이란 게 누가 어떤 관점에서 보느냐에 따라서 다른 해석이 나올 수 있거든."

기독교를 믿는 사람이 해석을 한 것도 있고, 불교를 믿는 사람이 해석한 것도 있었다.

그 관점의 차이야 두말할 필요 없이 명확했다. 그 외에도 몇 권이 있었다.

민수는 처음으로 내 눈동자를 맞추며 귀를 기울이고 있었다.

"그것들을 취합해서 네 주관적인 해석이 가능할 때, 그때서야 봤다고 할 수 있는 거지."

전생에서야 인터넷이 발달하고, 정보를 자유롭게 접하면서 관계된 책들을 쉽게 구입할 수 있었지만 아직은 아니었다. 내가 아는 정보를 적당히 말해줬다.

'아직 안 나온 책이 있으면 안 되는데……' 하면서 말이다.

그래서 내 기억에 오래되었던 책들 위주로 말해주었다.

"생각보다 고전에 관심이 많으신가 봐요."

민수의 말에 팔을 내저었다.

"아냐, 그냥 겉핥기로 보는 거지. 내 방에도 관련된 거 몇 권 있으니까. 궁금하면 와서 보든지."

한석은 아직 오지 않았다.

"이 녀석 늦을 것 같은데, 먼저 먹고 있자."

고기를 불판에다 올리니 한석이 헐떡거리며 들어왔다.

"선배, 안 늦었어요. 아직 1분 남았어요. 헉헉."

"운 좋네. 안 오면 잘라 버리려고 했는데."

"헉헉, 냉정하시네요. 선배님, 저 이번에 F 맞으면 재수강해야 될지도 몰라요."

어떻게 내 전생하고 똑같이 사는 놈이 있는지. 그때는 왜 몰랐을까?

자신의 사정을 남에게 강요하는 것까지도 꼭 닮았다.

'쯧쯧. 네 녀석 인생도 평탄하진 않겠구나.'

"이거 받아."

민수와 한석이 조사했던 것들은 내게 메일로 보냈고, 나는 그것을 정리했었다.

정리한 자료를 각자에게 나눠주었다.

"민수는 생각보다 꼼꼼하게 잘 정리했더라. 그런데 한석이 넌. 내가 교수였으면 잘랐다. 알지."

"그거 나름 열심히 한 건데요."

"그건 네 나름이지. 내 나름에는 어림도 없어. 경고야. 제대로 안 하면 국물도 없어."

세상 만만한 게 어디 있나?

설렁설렁하는 녀석을 초장에 잡지 않으면 뒤가 괴롭다.

"하여간, 넌 딴생각 하지 말고 무조건 시키는 대로 해. 알았어?"

"네, 그럼 뭐부터 할까요?"

"고기부터 구워!"

"네, 네?"

"고기 구우라고."

한석은 뚱한 표정이 되었다가 고기의 마블링을 보고 함박웃음을 지으며 대답했다.

"네, 선배. 맡겨만 주십시오."

둘에게 물었다.

"모형은 어떻게 만들지 생각들 해봤냐?"

한석이 먼저 말했다.

"이쑤시개로 하시죠. 작년 선배들도 그렇게 했던데요."

그의 말에 헛웃음이 나왔다.

'그래! 그래서 한 교수가 작년에 폭망했다고 했던 거야. 이번에는 폭망하기 싫어서 상품을 내걸은 거고. 이놈아!'

"안 돼. 그냥 조그마한 모형이면 그렇게 했을지도 몰라. 그러나 에펠탑은 그런 걸로는 안 돼."

"왜요?"

조사를 제대로 하지 않았으니 이런 질문을 하는 것이다.

"너 어떤 스케일로 모형을 만들려는 거냐?"

"당연히 '1 : 100'이죠!"

'얘가 지금, 에펠탑을 다보탑으로 착각하는 건가?'

어이가 없어서 먹던 젓가락을 내려놓았다.

"허허허. 막내야. 그냥 집에 가고 싶냐?"

"그럴 리가요."

내 웃음의 의미를 모르는 한석은 어리둥절한 모습이었다.

"민수야!"

민수가 한석의 의문을 풀어주었다.

"한석아. 에펠탑 총 높이가 324m야."

한석이 계산에 들어갔다.

"그럼 백분의 일이니까. 3.24m네요. 허억!"

내가 한석에게 말했다.

"넌 이제부터 아무 말도 하지 마. 나 화병 나니까. 내가 아까 뭐랬지?"

내가 짜증이 좀 났었던 것 같다.

한석이 목을 움츠리더니 내려놓았던 집게를 들었다.

"고기 굽겠습니다!"

한참 민수와 의견을 나누고 있었다.

집 안에서 보고 배운 것이 있는 녀석이라서 말도 통하고 이해도 빨랐다.

한석은 대화에 끼어들지 못하고, 심심한 듯 신문을 뒤적이고 있었다.

"어, 선배님! 이거 혹시?"

신문을 펴들며 내게 말했다.

"이거 선배님 아니에요?"

〈울산신문〉이었다.

며칠 전에 현상설계 당선 건에 대한 소식이 작게 나와 있었다.

그 기사 안에 나를 포함한 도산 건축 식구들 사진과 '디자인 : 김성훈'이라는 말도 같이 있었다.

일부러 도산 소장이 내 이름을 끼워 넣은 모양이었다.

"응, 맞아."

그리고 다시 민수와 이야기를 이어가려는데, 한석이 민수에게 물었다.

"민수 선배는 알고 있었어요?"

의외로 민수가 고개를 끄덕였다.

"뭐, 그럼 다 알고 있었던 거네요. 나만 몰랐던 거네?"

"그게 무슨 상관인데."

"민수 선배 히키코모리라고 유명하단 말이에요. 사람들이랑 말도 잘 안 하고."

당사자를 앞에 두고 할 이야기는 아니었지만 한석은 거침이 없었다.

내가 물었다.

"그게 왜?"

"지금 민수 선배가 선배님하고 말도 잘하고 하잖아요."

"그래서 네가 모르는 거랑 민수 말없는 거랑 무슨 상관이냐고?"

"저는 몰라서 그랬다지만, 민수 선배는 선배님이 유명한 거 아니까, 일부러 친한 척하는 거 아니냐 그거죠."

"개 눈에는 똥만 보인다더니."

한석이 생각 없이 말을 뱉다 내 반응에 찔끔했다. 그리곤 또 집게를 들더니 애꿎은 고기를 뒤적이며 중얼거렸다.

"제 인사도 제대로 안 받아주시면서……."

"인사나 제대로 하고 말해, 그럼 혹시 알아? 줄 하나쯤 세워줄지."

"진짜요, 선배님?"

직선적이고, 감춤이 없다. 약간의 배려 정도는 있어도 좋으련만!

"대신 말 제대로 안 들으면 바로 아웃이야. 난 그런 거 얄짤 없다."

"네! 그런데 선배님도 소문하고는 완전 딴판이네요. 개

날······."

이놈은 말이 뇌가 아니라 혀에서 나오는 모양이다.

한석에게 으르렁거렸다.

"한마디만 더하면······."

내가 말을 마치기도 전에 한석이 헤헤 웃으며 말했다.

"아웃이죠? 잘하겠슴. 선배, 고기 더 먹어도 되죠?"

능글맞은 새끼. 20년 전의 내 모습을 보는 것 같았다.

20년 전, 과오를 바로 잡기 위해 노력을 하는 건데, 지금 다시 그 별명을 들으면 누군들 억울하지 않을까!

'시간이 지나면 자연히 사라지겠지.'

나는 지금 내가 할 수 있는 최선을 다하는 길밖에는 없었다.

민수에게 물었다.

"1：300 스케일은 어떻게 생각하냐?"

"글쎄요."

돌리는 듯한 대답에 대놓고 물었다.

"민수 너 이런 거 만들어 봤지?"

명색이 대목장의 핏줄이고 손자라면 직접 만들지는 않았어도 만드는 것을 보기라도 했을 것이다.

이 말할 때, 내 얼굴은 '다 알고 하는 말이야!' 하는 표정이었을 거다.

민수가 내 눈을 슬쩍 피했지만 나는 계속 대답을 기다렸다.

결국 민수가 말했다.

"네."

'네'까지 바란 것은 아니었다. 그저 '어떻게 만드는지만 알아요' 정도만 해도 만족이라 생각했다.

'대박이다.'

만들어 봤다면 이야기가 편했다.

좀 더 자세하게 물었다.

"너한테는 큰 게 만들기 편하냐? 작은 게 편하냐?"

한석이 끼어들었다.

"당연히 작은 게 좋죠. 자재도 적게 들어가고, 옮기기도 편해요."

자기가 할 일이 많아질까 미리 밑밥을 까는 모습이었다.

한석의 말은 거들떠보지도 않고, 민수가 나를 보며 말했다.

"만들기는 큰 게 편하죠. 디테일도 살리기 좋고요."

1 : 200이면 5㎝ 한 개 들어간다면, 1 : 100이면 10㎝ 한 개가 들어간다.

크기와 무게가 다를 뿐 수는 같다. 고로 하는 일의 양도 비슷하다.

"좋다. 그럼 150분의 일로 간다."

"2m로요? 상부의 하중을 버틸까요? 나무로 한다고 해도 무게가 꽤 될 텐데요?"

그 부분에서는 생각을 해둔 것이 있었다.

"대나무로 할 거다. 그래도 문제가 되겠냐?"

대나무는 일반 나무에 비하여 결이 일정하며 가볍고 탄력이 좋다.

속이 비어 있는 특성상 일반적인 가구에서 많이 쓰이지는 않지만 특수 용도로서의 가공성이 뛰어났다.

민수도 고개를 끄덕였다.

"네, 대나무라면 해볼 만합니다."

모형이란, 보여주기 위한 것이다.

고로 잘 보이면 잘 보일수록 좋은 것이다.

'우리는 대대익선(大大益善)이란 말이지!'

재료를 정했고, 모형을 만들 사람을 정했다.

남은 것은 만드는 일이었다.

"그럼 내가 대나무랑 작업 장소 구해놓을 테니까, 민수 넌 작업 도구 들고 와라."

2m가 넘는 모형을 조그마한 자취방에서 만들 수는 없는 노릇이었다.

"네, 형."

한석이 물었다.

"선배님, 저는요?"

"몸만 와라."

"네!"

몸만 오라는 건 육체노동을 시키겠다는 말인데, 그 말의 의미를 이해했는지 모르겠다.

아무 생각 없이 좋아하는 한석에게 말했다.

"술 먹지 말고, 제대로 된 몸 가져오라고. 술 냄새 풍기면 넌……."

"아! 과제 약속 전날은 절대로 안 먹겠습니다."

"민수가 해봤다고 하니까. 나보다 더 나을 거다."

민수가 고개를 끄덕였다.

"그리고 한석이는 민수가 시키는 거, 까불지 말고 제대로 하고."

"네, 걱정 마세요. 선배님. 근데 선배님은 뭐 하시게요?"

눈치 없는 녀석을 가만히 째려보았다. 지금부터 내가 제일 바쁘거든.

"지금까지 하는 말, 뭐로 들었냐?"

"아하. 열심히 하겠습니다."

다음 날, 임시로 빌린 창고로 모였다.

민수는 목공에 필요한 대패, 톱 등의 공구와 주사기를 들고 나타났다.

"본격적으로 해보려나 본데!"

민수가 쑥스러운 듯 말했다.

"이왕 시작한 거잖아요."

보면 볼수록 괜찮은 녀석이었다.

잘난 척할 만도 한데, 전혀 그런 티를 안 낸다.

"한석이는?"

"여기요. 선배님. 헉헉."

한석이는 오늘도 약속 시간 1분 전에 도착했다.

나는 그곳에 내 컴퓨터를 설치했다.

에펠탑의 빗면을 제대로 된 수치로 뽑아내야 했기 때문이다.

모니터를 켰다.

"이거 보이지?"

캐드로 에펠탑의 3D 모형을 만들어 놓았다.

맥스로 만들 수도 있었지만 수치를 확인하기가 어려웠다.

한석의 입이 벌어졌다.

'녀석은 처음 보려나?'

"이게 뭐예요?"

"캐드."

"저도 이거 가르쳐 주세요."

"왜?"

"돈 될 거 같아서요!"

너무 솔직하다. 한 대 때려주고 싶을 정도로.

"이거 끝나고 나서 생각해 보자. 하는 거 봐서."

"맡겨만 주십시오, 선배님. 뭐부터 시작하면 됩니까?"

굳이 캐드로 3D를 만든 것은 전개도를 뽑기 위함이었다.

한석이 물었다.

"선배님, 그런데 이걸 왜 하시는 거예요?"

민수도 관심이 있는지 쭈뼛거리면서 보고 있다.

"민수도 이리 와!"

둘을 불러 작업하는 것을 보여줬다.

"이 빗각 면을 일일이 계산기로 두드리면서 찾을 수는 없겠지?"

입력한 정면도를 경사각에 맞춰서 늘렸다.

"와, 금방 되는데요?"

한석이는 군침을 흘리면서 작업 과정을 보고 있었다.

그다음에 경사진 빗각 면을 다시 수직으로 돌려세웠다.

"이게 전개도다."

이번에는 민수가 말했다.

"그럼 이대로 맞춰서 모형을 만들면 쉽겠네요."

"맞아. 이걸 위해서 가져온 거지!"

한석이가 허리를 숙였다.

"선배님! 맘껏 부려주십시오. 정성을 다하겠습니다."

"컴퓨터가 편하긴 편하네요. 몇 시간 걸쳐서 계산기를 두드려야 할 걸 형은 단 몇 분에 해결하네요."

손뼉을 쳤다.

"자, 이제 출력 나오면 니들이 쉴 시간이 없을 거다.

민수가 대나무를 다듬는 동안 한석이 할 일이 없었다.

"한석이는 민수가 다듬는 동안 구조 계산이나 해."

"네, 선배님!"

민수는 작업을 하면서도 끙끙거리는 한석을 힐끔힐끔 보며 막힌 부분을 가르치고 있었다.

'호, 수 개념도 확실한가 본데? 응용도 꽤 빠르고. 볼수록 맘에 들어.'

민수가 만드는 장면을 카메라에 담으려고 했었다.

'이걸로 한 교수랑 거래를 해야지. 흐흐.'

첨에는 긴가민가했지만 대나무 다듬는 것을 보니 허투루 배운 것이 아니었다.

그리고 공구들 또한 손때가 묻은 것들이었다. 얼마나 많이 썼으면 그럴 것인가?

"민수는 계산 많이 해봤나 보다."

"네? 아, 저 포병대 나왔어요."

건축과가 웬 포병대? 공병대가 아니고.

"자대 배치 받을 때, 조교가 무슨 일 하다 왔는지 말하라고 하지 않디?"

"……."

헐. 그때도 가만히 있었던 거냐?

"덕분에 각도 계산이랑 비거리 계산만 죽어라고 했어요."

"그래, 삽질 안 한 게 어디냐! 난 삽질 하느라 죽는 줄 알았다."

"뭐. 꼭 편하지만도 않았어요. 맨날 계산만 죽어라고 했거든요."

"……고생했다."

"형. 이거 어떻게 하면 될까요?"

대나무를 가공하던 민수가 물었다. 한석도 손을 놓고 있는 걸 보아 막힌 모양이었다.

자꾸 본드가 새어 나오니 깔끔해야 할 대나무 결이 지저분해지는 느낌이었다.

"목구조 하면서 이어붙일 때, 쓰는 방법이 뭐가 있냐?"

민수와 함께 깔끔한 외관을 만들 방법을 토론했다.

한석은 숫자와 씨름 중이다.

"힘드냐?"

"선배님, 머리 아파 죽겠습니다."

"그래? 잘됐다. 이리 와라."

이제 진정으로 한석의 육체노동이 필요한 시간이었다.

나는…… 감독이었다.

"잘하고 있네."

민수의 리드와 한석의 팔로우. 이 앙상블을 보면서 생각했다.

'완전히 망할 팀이라 생각했었는데, 의외로 드림팀이 될 수도 있겠는걸.'

한석이 말을 꺼냈다.

"선배님, 다른 팀들은 뭐 하기로 했는지 아세요?"

"그걸 내가 알아야 하냐?"

녀석의 생각은 다른 모양이었다.

"당연히 알아야죠. 경쟁인데요."

다음 말을 안 하고 눈알을 굴리는 게 물어보라는 눈치였다. 넘어가 줬다.

"그래! 뭐 만들던데?"

"다른 팀들은 딱히 주목할 게 없는데, 준우 팀은 달라요. 부석사 무량수전을 만들고 있대요."

의외였다.

무량수전이라…….

우리나라에서 가장 오래된 목조건축이며, 배흘림기둥과 주심포 양식이 돋보이는 한국 전통 건축의 백미라 할 수 있다.

그 구조의 아름다움이야 말할 필요도 없었지만…….

"무량수전을 제대로 만들기는 어려울 텐데? 시간도 촉박할 거고, 그런데 그걸 만든다고?"

"네, 목공예과에서 사람을 불렀다는 소문이 있어요!"

전통 건축이라면 환장하는 한 교수가 알게 되면 가만있지 않을 텐데.

"그러면 돈 주고 학점 사는 거랑 뭐가 다르냐?"

"그래서 애들이 쉬쉬하고는 있는데, 분위기가 안 좋아요."

당연하지 않을까?

누구는 손가락 베이면서 만들고 있는데, 누구는 편하게 돈질한다고 하면.

'결과는 좋겠지. 돈값을 할 테니까.'

하지만 상대가 한 교수라면 이미 결과는 정해져 있었다.

"한석아, 우리 할 일도 바쁘다. 신경 꺼라."

"네, 선배님."

그래도 경쟁인데, 어쩌고저쩌고하는 한석이의 소리가 들린다.

"캐드 배우기 싫다고?"

그제야 한석의 입이 다물렸다.

수업이 시작되었다.

한 교수가 들어왔다.

"수업을 시작하지. 다들 과제를 책상 위에 올려놓도록."

교수의 수업이 시작되었다.

학생들의 과제를 살피던 한 교수의 눈이 우리 팀의 텅 빈 책상에 닿았다.

"너희 과제는 어디 있어?"

손가락으로 쓱 교실의 맨 뒤를 가리켰다. 그제야 한 교수의 눈에 검은 천에 싸인 거대한 박스가 보였다.

"저게 너희 거야?"

"네, 저희 작품입니다."

"뭘 그렇게 꽁꽁 싸매났어? 비밀이냐?"

"네, 아직은 비밀입니다."

"훗. 좋다. 자네 의견을 존중해서 맨 마지막에 보도록 하지. 맘에 안 들면 F야. 알지?"

"그럴 일 없을 겁니다, 교수님."

"좋아! 기대해 보지."

한 교수는 학생들의 과제를 보면서 하나하나 질문을 던지고 그 대답에 부연 설명을 해줬다.

"흠. 벤딩 모멘트 때문에 여기를 보강했다? 좋은 생각이긴 한데, 다른 부자재를 사용할 생각은 못 했나?"

한 교수는 9개 팀의 질문과 설명이 모두 끝나고, 우리 자리로 왔다.

교수가 지휘봉으로 책상을 치며 말했다.

"자, 자. 마지막이다. 집중! 나는 솔직히 이 팀에서 에펠탑 만든다고 했을 때 기대를 많이 했었다. 올려봐."

민수와 한석이 거대한 박스를 들고 와서 책상에 올렸다.

한 교수가 다시 말을 이었다.

"그런데 중간 심사할 때, 부서질 우려가 있다며 안 가져와서 많이 실망했었지. 하지만 정말 마음에 들게 제대로 만들었으면 너희 팀은 무조건 A+다. 벗겨 봐."

한석이 책상을 두드리며 분위기를 잡는다.

"두구두구두구두구……."

민수가 책상 위로 올라가 묶어놓은 매듭을 풀었다.

사르르륵–

천이 떨어지는 소리와 함께 감춰져 있던 에펠탑이 그 베일을 벗었다.

투명 아크릴로 보관함을 만든 탓에 사방 어디에서든 그 모습을 관람할 수 있었다.

팔짱을 끼고 있던 교수가 탄성을 내뱉었다.

"호오."

교실의 학생들도 그 크기와 정교함에 감탄을 토해냈다.

"우와! 진짜로 만들었네."

교수가 학생들을 지휘봉으로 밀어내며 책상 앞에 다가섰다.

"잠깐만 비켜 봐라. 나도 좀 보자."

교수는 바닥의 아스팔트와 콘크리트 기단에서부터 하나하나 올라가며 목재의 이음매를 보았다.

물론 콘크리트 구조물은 석고로 만들었지만.

"이거 정말, 자네들이 다 만들었어?"

한 교수의 말에 내가 답했다.

"네, 하지만 거의 민수가 만들었습니다. 구조 계산은 한석이가 거의 다 하다시피 했구요."

"민수가?"

믿을 수 없다는 듯 교수가 민수를 쳐다보았다.

그 틈에 눈치 보던 한석이 구조 계산 리포트를 잽싸게 교수에게 들이밀었다.

교수가 리포트를 한 장씩 넘기면서 보고 있다.

"기단부의 응력 계산, 좋아. 접합부도 잘했네. 흠…… 꼭

대기 층의 풍력 저항에 대한 계산도 했네. 정말 한석이 네가 한 거냐?"

교수 체면에 '우리과 최고 농뗑이'라는 말을 할 수 없었나 보다.

"네, 형들 도움 좀 받기는 했지만요. 헤헤."

칭찬받을 기회를 놓치지 않는 귀여운 녀석이었다.

교수가 나를 보며 물었다.

"모형은 민수가 다 했고, 구조 계산은 한석이가 다했다.라…… 그럼 성훈, 자넨 뭘 했냐?"

"전 이 보관함을 만들었습니다."

"그것뿐이냐?"

"그리고 총괄 지휘를 했습니다."

교수가 헛웃음을 내뱉었다.

"허."

그리고 민수와 한석을 바라본다.

다시 에펠탑과 나를 쳐다보더니 고개를 끄덕였다.

"훗. 우리 과 최고의 샤이보이와 최악의 한량을 데리고 이런 작품을 만들었다? 이런 녀석들을 데리고 지휘를 했다? 좋아. 그건 내 인정하지."

한 교수가 자리로 돌아갔다.

"제군들, 모두 눈높이를 책상 바닥에 맞춘다. 실시!"

'역시 교수라 다르군.'

학생들이 어리둥절하면서도 쭈그려 앉으며 바닥 면에 눈높이를 맞췄다.

교수가 물었다.

"뭐가 보이는가?"

그때, 한 친구의 입에서 탄성이 터져 나왔다.

"와! 진짜 에펠탑 같네."

"진짜네. 이렇게 보니까. 딱 에펠탑이네. 파리에 와 있는 기분인데?"

교수의 설명이 이어졌다.

"우리 모두 모형을 만들었다. 각자의 수고가 더하고 덜하고는 없을 것이다. 그러므로 그 평가는 제군들에게 맡긴다. 지금 당장 프랑스에 갈 수는 없지만 여기에 그것이 있다. 충분히 즐기도록."

그리고 자신도 눈높이를 맞추면서 서서히 다가온다.

그리고 책상 앞에서는 고개를 쳐들어 첨탑의 꼭대기를 바라본다.

교수가 확인하듯 물었다.

"역시 잘 만들었군. 민수가 만들었다고?"

내가 고개를 끄덕였다. 어차피 민수 녀석은 대답하지 않을 테니까.

"네."

"음…… 역시 그럴 수밖에."

교수가 민수에게 물었다.

"이음매 부분에 본드가 떡이 진 부분이 하나도 없던데, 어떻게 처리했나?"

민수는 나와 한석을 보더니 대신 대답해 줄 기미가 없자 스스로 입을 열었다.

"큰 부재들이 이어지는 조인트 부분은 반턱맞춤으로 이었습니다."

"호, 반씩 깎아서 재료들을 이었고, 그 사이에 본드를 넣음으로써 본드가 보이지 않게 했다?"

"네."

"그럼 다른 부분들은? 입체적으로 이어지는 부분에서는 그런 방법으로 안 될 텐데."

"나머지 부분들은 하중을 크게 받지 않는 부분이라서 굳이 강한 결합이 필요 없었습니다."

민수가 말을 이었다.

"그래서, 반쯤 마른 돼지본드로 임시 고정을 시키고, 이음매에 순간본드를 집어넣었습니다."

한 교수가 아직 흡족하지 않은 듯 눈짓으로 계속해 보라며 민수를 추궁했다.

민수의 말이 이어졌다.

"주삿바늘로 순간 본드를 최소한으로 집어넣어 새어 나오지 않게 한 후, 돼지본드를 제거했습니다."

교수가 민수의 말을 이어받았다.

"그러고도 남은 부분이 있으면 알코올을 면봉에 묻혀서 닦아내었겠군. 그렇지?"

민수가 고개를 끄덕였다.

"고생이 많았다. 정말 손이 많이 가는 작업이었을 텐데 말이야."

"성훈 형이 없었으면 불가능했을 겁니다. 대나무의 아이디어도, 세부 디테일을 만드는 것도 모두 형의 지시에 따랐을 뿐입니다."

한석의 소곤거리는 소리가 들린다.

"민수 선배, 나도. 나도."

"한석이도 조금…… 도움이 되었습니다."

"칫."

한석이의 푸념이 들린다.

한 교수가 교단으로 가며 물었다.

"민수 군, 뿌듯하지 않던가? 자기 손으로 직접 만들어 간다는 것이?"

여전히 민수는 말이 없었다.

광대가 살짝 올라가며 고개를 끄덕일 뿐이었다.

대답 없는 끄덕임에 교수가 말했다.

"좋아. 앞으로도 계속 그래 줬으면 좋겠어."

교수는 흐뭇한 표정으로 강단으로 향했다.

내 옆을 지나치며 어깨를 두드리며 지나치듯 말했다.

"성훈 군! 고생 많았다."

한 교수의 한마디에 그동안의 마음고생이 풀어지는 것 같았다.

학생들이 모여서 민수가 말했던 부분을 보며 말했다.

"아, 그랬구나. 어쩐지 본드 똥이 거의 없더라."

"하중 엄청 받을 거 같은데, 단단해 보이는 이유가 있었네."

"민수 손재주 좋은 건 알았는데, 야. 이건 완전 전문가 수준이네."

"난 저 팀에 성훈이 형 있다 그래서 솔직히 망할 줄 알았거든."

"근데, 민수 말로는 성훈이 형이 거의 주도한 거 같은데?"

"신문 봤지? 성훈이 형 3D 도사잖냐! 입체도 있는데 못 만들면 바보 아니냐?"

"그래도 만든 게 대단한 거지!"

"야! 넌 현장 가서 네가 직접 만드냐? 지시하지! 바보냐?"

사실 민수는 더 할 말이 많을 것이다.

거대 아치와 트러스 부분의 이음부에서 대나무를 넓게 깎아서 하나하나 작은 아치를 넣었다는 것과 각 전망대의 아랫부분을 받치는 곳에도 그의 손길이 들어갔다는 것을.

일일이 열거하자면 밤이 새우도록 자랑을 해도 모자를 것이다. 노력에 대한 찬사를 받아도 부끄럽지 않을 것이다.

하지만 이미 민수는 그 보답을 받은 것 같았다.

미미하게 떨리는 광대를 보면 알 수 있었다.

'수줍음 많은 녀석!'

"순위권의 들 만한 것들 몇 가지가 보였다."

교단으로 올라선 교수가 말했다.

"준우 팀의 무량수전! 배흘림기둥과 주심포양식을 정말 잘 표현했다. 그리고 기둥과 대들보의 아귀 부분도 잘 맞췄고 말이야. 또한 지붕을 분리형으로 만들어서 내부와 목구조의 디테일을 눈으로 확인할 수 있게 한 것 역시 대단했다."

준우를 포함한 네 명이 박수를 치며 인사를 했다.

그러나 아무도 호응하지 않았다.

한 교수가 물었다.

"어떻게 만들었나?"

"네?"

"직접 만들었으면 어떻게 만들었고, 어떤 구조를 썼는지 다 알 거 아닌가?"

"그게……."

아무도 정확히 대답하지 못했다.

한 교수가 한숨을 내쉬었다.

"휴, 대답을 못한다는 건 목구조에 대한 리포트도, 심지어 구조 계산도 직접 하지 않았다는 말이 되는군."

아무 말 못 하는 사인조를 보며 한 교수가 말을 이었다.

"저번 주부터 미대생인 최민석 군이 우리 과 건물을 들락거리더군. 아는 사람은 알겠지만 그 친구 할아버지께서 대목장 인간문화재이신 최명식 옹이시다."

교수도 보고 듣는 귀가 있는데, 그걸 그냥 넘어갈 리가 없다.

'돈으로 학점을 사려는 치사한 놈들' 하며 한석이가 통쾌하다는 듯이 비웃었다.

"더 이상 말하지 않겠다. F. 불만 있으면 이의 제기해라."

준우 팀의 얼굴이 시커멓게 썩었다.

교수의 말이 이어졌다.

"다음으로 정수 팀의 석굴암. 내부 디테일이 참 좋더구나."

정석이를 포함한 네 명이 슬쩍 웃었다.

"좋은데. 그걸 정말 돌조각을 쪼개서 아귀를 맞춰 하중을 분산시켰다면 인정했을 것이다."

한석이가 우리에게 소곤거렸다.

"쟤네들 만들다가 결국 실패해서 통짜 석고를 깎아내서 석굴암 무늬만 낸 거래요. 킥킥."

'그런데도 저렇게 정교하게 만들었단 말이야? 대단하네.'

"누가 수업 시간에 킥킥거리나!"

준엄한 교수의 호통이 이어졌다.

"그리고 마지막으로 성훈 팀의 에펠탑."

교수가 말을 멈췄다.

"감탄을 금할 수 없었다."

한 학생이 이의를 제기했다.

준우였다.

"저 팀도 다른 사람이 만들었을 수 있잖습니까?"

교수가 말했다.

"증거 있나?"

"안 했다는 증거도 없잖습니까?"

교수가 우리에게 물었다.

"다른 사람이 같이했나?"

누구보다 한석이 먼저 말했다.

"아닙니다, 제가 증인입니다. 아무도 우리 일을 거들지 않았습니다. 정말입니다."

민수의 얼굴이 굳어 있다.

자존심이 상한 것인가?

원래 무표정한 얼굴이라 나 정도나 알지. 다른 사람은 그 표정의 변화를 알지 못한다.

다른 친구들이 웅성거린다.

"민수가 말이 없어서 그렇지. 그런 짓할 애는 아니거든."

"개 눈에는 똥만 보인다더니, 민수도 그런 줄 아는가 보지? 재수 없네, 저 새끼."

"우리도 민수랑 팀 작업해 봐서 알 거든. 그런 짓할 녀석은 아니다."

모두가 무관심한 것 같아도 그가 모르는 곳에서 지켜보고 있었던 것이다.

모두가 편들어 줘서 기분이 좋은 것인지, 민수의 입술이 살짝 삐죽거린다.

'좋으면 좋다고 하고 고마우면 표현을 할 것이지. 자식이, 수줍어하기는.'

타고난 성향을 어쩔 수는 없다. 차차 나아지기를 바랄 뿐이다.

다만……

저래서 나중에 건축가가 되어서 자기 설계안을 제대로 브리핑이나 할지 걱정이 되기는 한다.

'내 차례군. 한 교수와 거래를 하려고 했던 건데. 어쩔 수 없지!'

교단 옆에 있는 컴퓨터에 CD를 집어넣었다.

"저건 뭐지?"

"민수잖아. 어! 에펠탑 만드는 과정이네?"

"거봐. 내 말이 맞잖아."

각자 한마디씩 거들었다.

다시 한 번 준우 팀의 얼굴을 썩어 들어갔다.

'곱게 승복할 일이지. 쯧쯧.'

학생들에게 말했다.

"아직 3개 더 있는데, 볼래?"

한 교수가 지휘봉으로 교탁을 두드렸다.

"아직도 이의 있는 사람 말해!"

있을 리 없었다. 조용하다.

"그럼 박수로 마무리한다. 김성훈 팀. 일등!"

짝짝짝짝!

to be continued